戀人未滿

All about Love 27

My Little Lover

by 袁晞

小情人，讓我輕擁妳入懷
像一朵花兒慢慢慢慢盛開
小情人，我的愛收不回來
讓我帶著妳走遍海角和天涯

——〈小情人〉．劉德華

楔子

進入包廂前，我在放著大型綠竹盆栽的走廊轉角站了一會。

看了看錶，距離爺爺約定的時間還有十分鐘左右。

這間知名懷石料理全都是包廂，因此偶爾也有人跟我一樣在走廊上徘徊，接接電話等等朋友什麼的。不甚明亮的燈光加上暗茶色玻璃，使一切景物都十分幽暗朦朧，背景傳來三味線樂曲，柔美而充滿距離感。

「——這邊請。」

穿著牡丹豔陽群山圖案和服的女服務生領著還揹著書包（書包上還掛著玩偶）、和高級懷石料亭十分不搭的制服女孩走了過來。

制服女孩戴著一副看起來不合臉型又十分廉價的膠框眼鏡，制服乾淨整潔中規中矩，五官不至於令人驚豔，算得上清秀，整體來說大概是群體裡最多最常見的那種，不醒目，不搶眼。

但是，多看她一會兒就能輕易發現，她有種難以形容的氣質，一種不該屬於這年紀的早熟和沉靜使她和路上可見的女孩們不同。

明明只是第一眼印象，但卻給我一種她適合在下著大雪的冬日，靜靜坐在溫暖燈下看書（腿上還蜷著一隻貓）的強烈感覺；又或者她很適合在巴黎的雨後傍晚，捧著熱咖啡走在潮濕的石板小巷上（說不定很適合貝雷帽）。我不明白這種想法從何而來，也許只是因為此刻的我想像力恰好十分活躍罷了。

不過更令人在意的是她的神情，就像連續三百六十五天天天都在基測般無奈。全身上下散發出一股想抗拒但又無能為力的不痛快，那表情與其說是憤怒生氣或是難過，倒不如說像是被逼到絕境的小動物——而此刻的她，正努力藏好這份神情。

她清秀的眉緊緊皺著，在包廂前站定，阻止了女服務生替她拉開拉門，她動了動唇，說了什麼我聽不清，接著女服務生點點頭退下。

跟我剛剛來時一模一樣。

制服女孩看著服務生離去的背影，嘆了口氣，從書包裡拿出古董般的摺疊式手機，她接起電話，悄聲說了幾句後掛上。把那支古老手機塞回書包的同時，我注意到她再度沉重地嘆了口氣，隨即伸手捏了捏自己的臉頰，使勁兒裝出笑臉。

那笑臉是可愛的，不算漂亮（可能和她並非真心想笑有關），不過仍稱得上好看。

接著，她伸手拉開門，還沒進入包廂前已先深深朝內鞠了個躬。

在這種要價不菲的懷石料亭，應該不至於同時有一堆高中女孩出現吧。

更何況還走進了同間包廂。

那麼，就是她了。

如果沒意外的話，應該就是她了。

就是，她。

01

這是我第一次走進律師事務所。

身為一個專業（？）的高中生，理論上應該跟律師事務所八竿子打不著才對。

但，那只是理論上。

豪華且帶著光澤的淺色大理石牆面上有著雅致的灰色壓克力字：Y&K國際律師事務所，底下還有英文、日文、不知是法文還德文各一排小字，雖然三種都看不懂，不過八成也一樣是事務所名稱。

站在黑色玻璃櫃檯前方，我努力想鎮定下來，認真地深呼吸兩次，在四位櫃檯小姐覺得我是可疑人物、通知警衛把我帶走之前，大步走了過去。

「妳好，請問有什麼可以為妳服務的？」

跟我一樣戴著膠框眼鏡，但臉型比我瘦很多也漂亮很多的小姐問道，她的目光在看到我的學生制服後，果然透出疑問。

「妳好，我跟韓銳勳律師有約，下午四點半，我姓夏。」

「請稍等一下——」膠框眼鏡小姐俐落地在平板電腦上點了點，確認了我沒走錯地方後揚起笑容，「是的，預約了法律諮詢的夏小姐是嗎，請跟我來。」

還法律諮詢咧。

我在內心嘆氣。

也是啦，畢竟實在沒那個臉在電話預約時說出：婚姻諮商這四個字。

我，夏明芝，十七歲，某公立中學高三學生，人生第一次走進律師事務所，進行名為法律但其實是婚姻問題的諮詢——

搞什麼嘛？！

這一切會不會太詭異、太悲慘了點？！

雖然內心波瀾萬丈，但我並沒有表現出來。

這是我第一次到Y&K，老爸口裡擁有最多上流社會秘密的恐怖基地，大明星們的御用律師陣營——如果我的「婚姻」沒問題的話，假以時日我還能成為這裡的半個女主人——

才、不、要！

穿過幾間大大小小的會議室和諮商室，膠框小姐帶我來到走廊盡頭一處幾乎都以黑色玻璃裝飾的空間，空間正中有一扇黑底金色雕花門，相當華麗。膠框小姐在雕花門側面按了下對講機，通報「預約四點半的夏小姐已經到了」之後，雕花門沒發出任何聲響，靜靜地打開了。

「請進。」

膠框小姐客氣地說完，還彎腰行禮，八成誤會我小小年紀就有錢來進行諮詢，一定是什麼大客戶還是富二代。

「謝謝。」心跳好快，不行，我要冷靜！

□

……開什麼玩笑，這像是辦公室嗎？

放眼望去根本就是超歐洲古典風的有錢人書房嘛！

落地窗還配有厚重的天鵝絨帷幕和金線流蘇、兩人座和單人座的深褐色小羊皮沙發細緻而油光飽滿、放在正中央的石質書桌相當典雅，就連牆上的書櫃也都像極了電影裡的場景——

是有需要這麼奢華嗎？

「嗯咳。」

一聲輕咳把我的注意力拉回現實（？），坐在大理石書桌後方，宛如從電影海報裡走出的明星般、令人難以移開目光的「律師先生」站了起來，彷彿習慣似地扣上了西裝鈕釦，走至我面前。

第二次見到這位「律師先生」時我才終於意識到，原來亮亮魚小說裡描述的男主角是真實存在的，世界上還真的有這種光靠長相就能征服地球的傢伙。

帶著幾分憂鬱氣息和長睫毛、非常深邃的眼；不必修整就漂亮到不行的眉；偏瘦但不至嶙峋的鵝蛋臉；從側面看根本是完美角度的鼻和線條精緻、微微上翹的唇——這人當律師幹嘛，去當模特兒還是偶像歌手才實在吧？

還是說，在法律界用這張臉色誘證人、對方律師或者檢察官也是不錯的選擇？

不對，現在不是想這個的時候啊！

「你、你好。」

即使我站得挺直（其實是僵硬），但顫抖的聲音卻完全出賣了我。

「妳好。」

完全以姿色取勝（好吧我也沒見識過他的法律實力）的律師先生給出相當溫和有禮的微笑。

「你、你好。」

不知為何我扭捏極了，雙手揪著書包上的拉拉熊吊飾，呆呆地又重複了一次問候。

「不用拘束，來這邊坐吧。要喝什麼嗎？我們有各式各樣的咖啡，拿鐵、歐蕾、美式、卡布奇諾……」眼前的「律師先生」在單人沙發上坐下，很舒服似地蹺起腳，試圖讓氣氛輕鬆緩和一些，同時還神不知鬼不覺地解開了西裝鈕釦，「……還是，高中生只喝可樂？」

「呃。」我把書包放在身邊，順了順裙子落坐，「不用了，謝謝。」

律師先生輕淺一笑，「很高興妳主動提見面，我正好有些事想跟妳單獨談談。」

我毫不掩飾地深深吸了口氣，停了一兩秒後重重吐出，決定單刀直入，「我就直說了——這婚姻不行，我不同意，我不會結婚的。」

律師先生很理解似地點點頭，淡淡地笑著，「非常合理，而且也是很正確的想法。」

「這麼說，你也同意我的想法嗎？！」

太好了，果然身為律師腦筋就是比較清楚啊！

「應該說，我百分之百理解妳的想法，但無法同意。」

「啊？」

律師先生往椅背一靠，「站在我的立場，認為還是該結婚，這樁婚姻只有好處，沒有壞處。」

「什麼？！」我不由得跳了起來，「你、你你你——你是認真的嗎？」

「先冷靜一點，我可以好好分析……」

「有什麼好分析的？這太奇怪了，現在可是二十一世紀耶！什麼指腹為婚、父母之命才不算數，你是律師應該比我更清楚吧？！這可是違法，雖然不知道是哪一條，但我有婚姻自由還人身自由什麼的，我才不接受這種沒經過本人同意的婚事！」

律師先生毫不在意發怒而且聲音異常顫抖的我，表情淡然。

「妳覺得人生裡只有法律嗎？所謂的家庭壓力是什麼，想見識一下嗎？」

「我當然知道家庭壓力啊，但、但是，沒有愛情怎麼可能結婚？！而且還是完全的陌生人！天底下沒有這種事……」

怎麼講著講著都快哭了，鼻子一定也變紅了吧。

「……坐下吧，慢慢說別激動。今天妳專程來，不就是為了商量這件事嗎？這麼激動就沒辦法好好商量了，不是嗎？」

別激動，你叫我別激動？！

我的終身大事就要被惡搞成史上最大悲劇我能不激動？

你是有見過還沒談過戀愛就要嫁作人妻的女高中生嗎？

有嗎？！

「等、等一下，你……」咳，差點被自己口水嗆到，我瞪著一臉悠哉、事不關己的律師先生，「你——你這反應也太奇怪了吧？」

「我奇怪？哪裡奇怪？」

「你為什麼這麼冷靜？！只有我一個人像天塌下來似的，覺得世界末日了，可是你，你怎麼一副無所謂很 OK 的樣子？韓銳勳先生，韓大律師，你是不是忘了，你也是當事人之一、傳說中的新、新郎耶？」

是的，傳說中的新郎，

而我，是傳說中的新娘……

將我們綁在一起的，是一則超古老、不切實際、完全令人無法理解也不能接受，並且名為「指腹為婚」的討厭傳說。

韓銳勳勾起嘴角，揚起宛如威士忌廣告中英俊男星的笑容，「這種事能忘得了嗎？」

我重重地坐下，直視著他，「那好，你說吧，難道你覺得就這樣結婚也可以嗎？」

韓銳勳頎長的手指輕敲著沙發扶手，「我這個人習慣權衡利益。」

「利益？你忘了我們家很窮嗎？三年前好不容易買了房子結果發現是海砂屋，現在不但揹著二十幾年的房貸而且還得住在危樓裡，老實說我們家真的負擔不起什麼高級嫁妝——拜託，大律師，你跟我們這種家庭結為親家到底哪裡有利可圖了？」

「說得沒錯，要從妳家撈到油水不可能，我也從來沒這麼想過。就現實層面來看，短期之內我可能還得先出一大筆錢來改善妳家的生活。但是，」韓銳勳收起笑容，一字一句地說道：「我也不妨直說——只要我順我爺爺的意思跟妳結婚，就可以提前繼承 Y&K 的股權，明白嗎？」

我又跳了起來，這次真的大怒了，「你瘋了嗎？！這種事你也幹得出來？」

「妳就是不想坐下，那也行。」

韓銳勳站了起來，又順手扣上西裝。

可惡，竟然比我高這麼多，火大。

「現在是站還是坐的問題嗎？你竟然想利用我來換取事務所股權，你說這話都不會不好意思嗎？好，就算你臉皮夠厚利慾薰心，但我又為什麼要配合你？你乖乖結婚可以分到事務所股份，那我有什麼好處？你說啊！」

韓銳勳不怒反笑，「妳當然有好處。」

「笑死人了，我會有什麼好處？」

嫁給一個大我十歲的「大叔」最好是有好處啦！

「只要我拿到了股份，就可以還妳自由，絕不會綁著妳太久。不但如此，妳家的房貸我來處理，等妳高中畢業後還可以送妳去日本留學，就算妳想念五個博士，學費都包在我身上。」

我呆了呆，「……我家房貸有五百多萬耶。」

「小妹妹，妳知道 Y&K 的股份價值多少個五百萬嗎？」韓銳勳勾起誘人的笑，宛如惡魔，「總之，夏家所有狀況我全都調查過了。還知道妳不喜歡念書只喜歡畫畫，想去日本學習動畫——只要結婚後順利拿到股權，我可以保證送妳去日本——如何？我這人很公平吧？」

「就、就算我再怎麼想去日本，也、也、也不可能為了錢賣身啊！」雖然我打從心裡承認你很有姿色，但是結婚的話就得同床共枕，這怎麼可能？！

韓銳勳像是聽到什麼笑話似地哈哈笑了幾聲，搖頭。

「不知道該說妳單純還是正派，放心，我們會有婚前協議，我絕對不會碰妳的，會讓妳保持完璧之身。這樣可以了吧？」

還完璧之身咧……

「……你是認真的嗎？竟然連這個都想到了……」我有種被打敗的感覺，

但隨即說道：「問題是，就算沒有夫妻之實，而且還能順利離婚，我還是一樣慘啊！女生離婚之後身價大跌，以後如果遇到喜歡的人，發現我不但結過婚又離過婚，這樣不就完蛋了？」

別以為我沒看過韓劇，男主角的媽媽絕對不會接受離過婚的兒媳（再怎樣至少也會反對個二、三十集）！

「相信我，以我處理過的離婚案來看，通常離婚後收到大筆贍養費的女生身價更好。」

「這種身價我一點都不想要好嗎？！」我不禁叫道。

「那麼，妳也可以選擇不要離婚，我們只要各過各的就行了。」韓銳動雙手抱胸，像是在觀察奇珍異獸似地打量我。

「話不是這麼說的吧！」

可惡愈來愈激動。

我今天不是打算來取得共識嗎？為什麼現在愈來愈混亂了？

今天本來的目的是要讓這位大叔跟我同一陣線、一起反抗才對，究竟為什麼變成這樣了，為什麼？

韓銳勳見我氣得發抖，說不出話，於是換上溫和的表情，說道：「我知道這不會是件愉快的事，可是人生本來就沒那麼容易。妳如果同意我的條件，對雙方都好；更明確一點說，對妳家，對妳的夢想都相當有幫助，不是嗎？」

「如果今天的狀況是把我賣去你家當三年奴隸我反而還覺得 OK 多了……但現在我們談的是結婚，結婚耶，我都還沒談過戀愛就要結婚——」

「妳沒談過戀愛？」韓銳勳忍不住打斷我，「都高三了還沒談過戀愛？」

「……你現在是怎樣，想跟我吵架是嗎？」生氣地扶了扶眼鏡，用不大的眼睛瞪向韓銳勳。

「我不喜歡吵架，這點妳最好記得。」韓銳勳輕笑，「而且，妳確實是稀有動物啊。」

「這話聽起來很令人不悅。」

「去除年齡問題不說，像我這樣的男人，可以說是完美的老公人選吧：不管是經濟能力、學歷還是外型，而且父母雙亡，這些一般女性會在意的部分妳完全沒有考慮進去，果然很稀有沒錯。」

「像你這樣的男人是很多適婚，不，是全部適婚女性的完美老公人選，這我充分明白也充分同意，問題是，我才十七歲！」講了老半天你到底懂不懂啊？「何況，完美有什麼用，跟一個不愛的人住在一起，共同生活，怎麼想都很恐怖啊。」

「就當成三年期或五年期的室友不行嗎？」

你真的是律師嗎？

這麼天真能當律師嗎？

「算了，我們把事情簡化一點，」我嘆了口氣，「我呢，覺得什麼兩家長輩指腹為婚這種事真的太扯，我拒絕這門婚事。至於你，我本來以為你是個可以溝通，活在現實中的人，但我發現我錯得很徹底，看來是不可能跟你結盟一起對抗長輩了。」

韓銳勳似笑非笑，「那麼，妳決定要獨自一人跟兩個家族對抗囉？」

我沒好氣地回道：「不然呢？」

韓銳勳聳聳肩，「我在我爺爺面前是很聽話的。」

「所以？」

「我會乖乖順從家裡的意思，很抱歉沒辦法跟妳結盟。」

「……你不怕我跟你爺爺說，你是為了股份才願意結婚？」

韓銳勳這次笑意甚濃，「這種事還等著讓妳說就太遜了。妳可以去說說看，不過，我爺爺早就知道了。換個角度想，正是因為他已經知道我對股份虎視眈眈，所以才乾脆用股份來做誘餌，不是嗎？」

可惡完全沒辦法威脅利誘，果然律師不是幹假的。

我覺得頭好痛，「算了，我已經充分理解你的想法——」

話還沒說完，那扇華麗的金色雕花門忽然再度靜靜開啟，接著，一名身高體型和韓銳勳相彷，但穿著花俏許多的男子大步走了進來。

「果然！」男人邁著大步來到我和韓銳勳面前。

「誰允許你進來的？」韓銳勳板起臉，室溫瞬間下降十度，非常冰冷。

眼前這名和韓銳勳眉宇之間有點神似，但完全是花俏痞子版的男人毫不在意韓銳勳冰冷的視線，只是對著我笑，並且伸出手，「初次見面妳好，我是韓銳揚。」

「……你好。」

「沒必要和他握手。」韓銳勳在我正要伸出手時沒好氣地開口，跟剛剛悠哉自得的表情完全不同，彷彿見了瘟神似的。

「呀，原來妳就是未來的大嫂，沒想到看起來就是優等生啊，太適合穿制服了——未來的大嫂啊，我說，妳滿十八歲了嗎？」

「這裡沒你的事，出去。」韓銳勳以相當具有威嚴的口吻，一字一字清晰地說道。

「好啦好啦，我只是『不小心』看到『未來的大嫂』出現在事務所的預約名單上，所以趕快來打個招呼而已嘛。畢竟上次兩家見面時我在首爾沒有出席，緣慳一面，真的太可惜了。」韓銳揚朝我拋出非常熱情的笑容，「很高興跟妳成為一家人喔，那麼以後再聊，Bye！」

目送韓銳揚離開後，我有種超現實的混亂感，不禁轉頭看向韓銳勳。

韓銳勳嘆了口氣，「上次兩家見面時有提過，我弟。」

「你弟？」

「同父同母，也在事務所上班。別看他那樣，他可是財經法高手。」

「不講真是看不出來……」

與其說是法律人，倒不如說是夜店咖吧。

如果結婚的話，那傢伙就會成為我「小叔」了是嗎？

啊啊啊頭更痛了，拜託別了吧。

□

走出事務所時天已經完全黑了。

韓銳勳很紳士地送我到電梯前，還很客氣地要我路上小心。

在我走進電梯，按下關門鍵的瞬間，有種非常複雜的混沌感。

——去除年齡問題不說，像我這樣的男人，可以說是完美的老公人選吧，不管是經濟能力、學歷還是外型，而且父母雙亡……

如果我再大個十歲，不，五歲，就算韓銳勳不願意，我想我都有可能求他娶我。他說的完全正確，基本上他完美得就像電影裡走出來的人物，眉目如畫，令人難以忘懷的俊俏臉蛋和模特兒般的身材，加上一身專業質感 feel，這種人無論走到哪裡都會大受歡迎吧。

更別說才能和學歷了。

可是，現實終歸是現實，像我這樣的眼鏡高中生，跟華麗派型男大叔，怎麼想都是很討厭很詭異的組合啊。

就像現在，此時此刻的街道上，這裡是有名的高級精華地段，來往的行人全都是像韓銳勳那樣的質感男女，穿著有品味的合身套裝，拎著名牌皮包，談的是金額嚇人的大生意，我這種一身超醜制服還揹著個破書包書包上還掛個裝萌吊飾的眼鏡女學生在他們之中異樣刺眼，格格不入，這種突兀感實在教人難以忍受。

□

回到家樓下，我從信箱裡拿出一大疊廣告單和信件，有社區自救會的開會通知，這次好像還請來了議員什麼的，還有銀行的繳款單，水電費收據等等。

明明是薄薄的一疊印刷品，但拿在手上卻很沉重。

——妳家的房貸我來處理，等妳高中畢業後還可以送妳去日本留學，就算妳想念五個十個博士，學費都包在我身上……

怎麼愈想愈覺得這是個很棒的提議（誤）？！

「我回來了。」

把球鞋脫下我走進玄關，媽媽沒有回應，但隱約聽得到她正在說話的聲音。

大概是電話中。

——是、是，這樣啊……我們當然是覺得就像中了樂透一樣啊……是、是！對呀，如果孩子們也互相喜歡那就好了……反正女孩子總有一天要嫁人的，就是嘛，條件這麼好的女婿根本就是千載難逢……是呀，什麼？銳動也覺得我們家明芝不錯嗎？他願意遵從長輩的意思跟我們明芝結婚？！這實在是天大的好消息呀……老實說我跟孩子她爸還很擔心銳動已經有女朋友什麼的呢……畢竟那麼優秀，人長得又一表人才，我們明芝實在是高攀了……

回房放下書包後，我在床邊坐下。

就只是坐下，呆呆地看著半空中某個點，腦中一片空白。

為什麼別人的十七歲只要煩惱考不考得上大學就好，但我卻得煩惱要不要結婚（含離婚）呢？

我抓過枕頭，緊緊抱著。

不知所措，也有點想哭。

爺爺啊爺爺，你到底為什麼覺得把孫女許配給一個陌生的大叔是很正確的選擇？就算你的年代流行隨便找個兩個陌生男女配對就可以結婚，可是現在已經是二十一世紀了啊，有感情基礎的情侶都不見得能結婚了，何況是從頭到尾就像不同物種的一對男女……

我真是不明白啊。

被隨意決定的人生，即使知道會是「正確又有幫助」的選擇，但光是「被別人隨意決定，而不是自己選擇」這一點，就讓人難以接受。

——反正女孩子總有一天要嫁人的，就是嘛，條件這麼好的女婿根本就是千載難逢……

媽媽剛剛的話躍然而上。

確實。

韓銳勳除了年齡足足大我十歲之外，實在是個無可挑剔的對象，然而「無可挑剔」跟「喜歡到想要結婚」完全是不同的層面。「無可挑剔」指的是種種有形或無形的條件，但「喜歡」卻無關這些，是更純粹的心情。

大家真的都覺得，即使一點喜歡的情緒都沒有也可以結婚嗎？別的人不說，光是想到韓銳動為了股份願意出賣自己的婚姻，我就很排斥跟他共同生活。連婚姻都可以當作籌碼的人，到底是什麼樣的傢伙呢？我無法理解，也無法想像。

□

——哥真的要跟那個小丫頭結婚？

——有什麼問題嗎？

——哥是開玩笑吧？那個眼鏡丫頭還只是個高中生！

——你知道唐朝的長孫皇后是幾歲嫁給李世民的嗎？

——我哪知道。

——十三歲。

——十三歲?但那是古代、唐朝!

——嚴格說來那時應該是隋末。

——這很重要嗎?現在不是在討論歷史年表吧。

——重點不在於時代。長孫皇后十三歲嫁給李世民,三十五歲就死了,但她是中國歷史上少數的賢明皇后,這告訴我們一件事:一個女人能不能做個好妻子,跟年齡並沒有絕對的關係,很多女人即使到了三十五歲還是一樣幼稚公主病。

——哥的意思是,你不但要結婚,而且還非常認真?

——我只是要提醒你,年紀永遠都不會是大問題,其他我想和你無關。

——我,不希望哥為了達到目的不擇手段。她只是個孩子!

——話如果說完,就出去吧。

——哥,拜託,你不能拿別人的人生開玩笑。

——我有事要忙,不奉陪了。

□

抱著三本小說我跟靖萱、瑋欣走出校門，打算去距學校兩站遠的貓咖啡坐下來啃書。靖萱和瑋欣討論下週要不要去某個韓星見面會，我走在她們身後，聽著她們討論很帥很可愛的偶像明星，腦袋不知不覺就變得一片空白。

「哎呀。」直到抱著書撞上了突然停下腳步的靖萱，我才從恍神中清醒，「幹嘛突然停下來？」

「妳們看，路口，那個男的，是不是超帥？！哇！」靖萱指著十字路口處一輛黑色凌志旁的西裝男，以毫不客氣的音量說道，「難道是什麼大明星來出外景嗎？」

「真的耶，那是誰啊？看起來像是外拍模特兒？」

事實上不只靖萱，在這條放學必經之路上，幾乎全部的女學生們都注意到那輛閃亮亮的黑色凌志以及它的車主西裝男。

而我，在定睛一看之後，差點沒尖叫。

——不行，要冷靜，這個時候用手上的書遮住臉之後快快逃走才是上策！

「好啦沒什麼好看的，我們走吧，好渴喔，不是說要去 CappuLungo 看貓喝咖啡嗎？走吧走吧……」

我相信自己在一票女學生中絕非特別好認的類型，懷著這樣的信心我拚命拉著瑋欣和靖萱，希望在被那傢伙發現之前能成功逃離。

「等一下嘛，急什麼，能在日常生活裡看到這種等級的帥哥妳不覺得太幸運了嗎？」連瑋欣也停下了腳步。

「沒、沒有什麼好看的，不就是個大叔而已……」我的天哪，別往這裡看、千萬別往這裡——

「夏明芝同學。」韓銳勳揚起手示意，邁步向我走來。

看。

「明芝！」瑋欣和靖萱同時轉向我，以激動的口吻叫了出來，「你們認識？！」

如果我是炫耀之輩應該會覺得此時此刻可能是我人生中最得意的一瞬，可惜我並不是；這時的我只想拔腿就跑，無奈我全身僵硬得跟木頭一樣，動彈不得。

「嗨，妳同學啊？」韓銳勳帶著微笑走來，並向靖萱和瑋欣點點頭，「妳們好，我是——」

「啊啊啊！」情急之下我本能地叫了出來，「他他他是我們家認識的大叔！只是認識而已、一點都不熟喔！」

語畢我用極渴求的眼神看向韓銳勳——

拜託了，求求你什麼都別說，我可不想被當成全校的笑柄和八卦啊。

光是用想的就覺得萬分可怕了，我不要！

韓銳勳勾勾嘴角，保持沉默。

我垂下頭，細若蚊鳴地問道：「找、找我有事嗎？」

「是有些事，有時間的話就聊一聊，但如果妳沒時間，就在這裡說也可以。」

我猛地抬頭，瞪向韓銳勳。

在這裡說？你是想我死嗎？

我努力保持平靜的表情，如果在眾目睽睽之下說破，我大概也別活了吧。

一想到這裡，只好咬牙點頭，「我有時間……」

「妳不是要跟我們一起去 CappuLungo 喝咖啡嗎？」雖然主詞指涉的是我

但瑋欣根本是盯著韓銳勳在說話，「不然，大叔也一起來吧！」

韓銳勳看了我一眼，淺笑著對提出邀請的瑋欣說道：「下次有機會再請大家喝杯咖啡吧，今天還有事。明芝同學，我的車在那邊，再不走就要被開單了。」

「好好好快走。」我轉身拉拉靖萱和瑋欣，「今天真抱歉，下次再一起去貓咖啡吧。」

靖萱和瑋欣露出失望的表情，但我已經無法確認是因為我臨時失約而失望，還是因為沒辦法騙得「大叔」一起去……唉。

是說韓銳勳大律師，你的名片上要不要加印個「妖孽大叔」算了？

「你怎麼會跑來我們學校？」等韓銳勳將車駛離一段距離之後我問，「你不用上班嗎？」

「妳知道上班是為了什麼嗎？」韓銳勳收拾起溫柔神情，相當專注地看著前方路況，那側面相當冷峻。

「為了賺錢啊。」

「正解。所以我來找妳談一談我們的婚事。」

「啊？不懂。」

「快點結婚，完成我爺爺的心願，拿到股份，這不是比花時間上庭打官司賺律師費來得更快更有效率嗎？」

死要錢！「我答應嫁給你了嗎？」

「還沒答應。」韓銳勳忽爾一笑，高深地，「這就是為什麼我們需要談談的原因了。」

我開始覺得頭痛，「有什麼好談的？上次在事務所我已經說得很清楚了……」

「……很討厭我嗎？」

「我跟你完全是陌生人，」我盡量心平氣和地說道，「就算我還不到適婚年齡，我一樣非常清楚你的條件簡直超完美、是夢幻逸品，可是，我真的沒辦法想像自己要跟不喜歡的人、陌生人結婚，這真的很不現實。」

「我明白，一直都明白。」

「難道你覺得，跟一個自己根本就不喜歡的人結婚，這樣很 OK？」我轉頭注視著韓銳勳，「我就直接說了——你覺得你可以你願意跟我一起生活、毫不彆扭？」

正逢紅燈，韓銳勳看了我一眼，淺淺笑著，「我不挑室友的。」

「你別把話講得那麼輕鬆。結婚是有權利義務的——」說到這裡我索性豁出去拚了！「你也說你自己是大家夢想中的老公人選，你就不擔心我到時真喜歡上你，反悔了不願意分手嗎？如果是這樣，你就算拿到再多股份，也還是沒辦法自由自在過生活，這種風險你也願意冒？」

韓銳勳突然傾過身把臉湊向我，距離不到一公分，維持了十幾秒，「——妳的話我OK。」

我忍不住伸手推開他，「我不OK！」

「連我妳都不滿意，妳這輩子是別想嫁了。」這人竟笑了。

我氣得握拳，「這位大叔，你真的是來跟我『談談』的嗎？你是故意跑來惹我生氣的吧？」

「吵架也是增進了解的一種方式。」

「你上次明明就說你討厭吵架！」啊你是要我嗎？

「非常時期有非常手段，我很靈活的。」綠燈，韓銳勳踩下油門，「……

我說，明芝同學……」

「怎樣？」

「我也覺得這一切很荒唐，但妳是否可以從別的角度稍微考慮一下我們的婚事？」

「除了利益之外我看不到別的角度。」我冷冷地說道。

「沒錯。利益。」韓銳勳仍掛著那抹好看的笑，「錢不是萬能，沒有錢，卻是萬萬不能。」

「所以我們倆要互相賣身是吧？」

說真的吃虧的還是你吧，你可是天鵝，我只是悲哀的醜小鴨。

韓銳勳轉動方向盤，「我覺得妳還是沒有靜下心來思考現實問題。」

「現實問題……」我靠著車窗，「……而且我們現在要去哪裡？」

「現在嗎，正要帶妳去看看所謂的『現實』。」

韓銳勳的黑色凌志在一處工地前停下，那座工地看起來像是很大型的社區建案，好幾棟十幾層樓高的鋼骨建築，附近機械聲震耳欲聾，相當驚人，空氣中煙塵瀰漫，各式各樣我說不出正確名字的工程用車和履帶型裝載機在鋪設了鋼板的基地附近來回，工作人員們戴著鋼盔穿梭其中。

「為什麼帶我來這裡？」我看向韓銳勳，不明白他的用意。

韓銳勳沒直接應答，只是看向遠方在高樓進行作業的吊車，「進去看看吧。」

「非工程相關人員不能進去。」

我攔住韓銳勳，這點常識我還有，畢竟我老爸就是——

我無法克制地注視著韓銳勳。

——我爸就是個工地主任。

韓銳勳仍望著正在興建的鋼骨大樓，「像 Y&K 這樣的大型事務所，時常會接到建設公司跟勞工自救會對簿公堂的大型訴訟，大部分都是公共安全出了問題，導致職場重災害。」

我靜靜聽著，沒有說話，視線隨著韓銳勳的一起看向正在興建的大樓。

「這個建案地點很好，蓋好之後一坪至少可以開個一百五十萬，這片土地和未來建物的價值說不定會破百億。但是，這些負責工作的人，真正蓋出未來億萬豪宅的人們，他們的工作安全沒人在乎，對建設公司來說，這些人就只是消耗品。」韓銳勳調回目光看向我，「我想妳對工地不會太陌生吧，既然伯父也是做這行的。」

「……你到底想說什麼？」

「我說過我把你們家的情況調查得很清楚。」

「我知道。」

「妳知道伯父為了早點處理掉妳們現在那棟海砂屋有多辛苦嗎？所謂的現實就是，你們的房子根本不可能脫手賣掉，房子的價值幾乎是零。」

這不用你說我也知道。

那間房子，是老爸的「好朋友」極力推薦才買的，理論上像老爸這樣的工地主任會買到海砂屋根本不可能，但老爸那個同行的朋友卻利用他自己也是工程從業人員的身分，欺騙老爸說這棟房子絕對很 OK，博取老爸的信任；而老爸自己要負起一半的責任，他並沒有多想，就認定這個所謂「認識二十年的老朋友」很可靠、很值得信賴，就這麼倉促決定。

後來老爸的「好朋友」熱情地介紹了辦貸款的專員和土地代書，很容易就把一切處理好，現在想來，八成是怕我們家自己找銀行時，有機會被發現他隱瞞屋況的事。

後來，那位「好朋友」帶著屋款就這樣人間蒸發了。

而我們，搬進來好一陣子之後，才陸續聽到其他住戶檢測出海砂屋的問題。

家裡一片愁雲慘霧，雖然居住上沒有立刻的危險，但是花在房子上的屋款算是完全泡了湯，血本無歸。為了讓我們能早點搬離那棟危樓，老爸和老媽相當辛苦，只好全部從零開始，在繳房貸的同時，還得一分一毫地重新存錢。

韓銳勳雙手抱胸，以相當沉穩的語調說著，「伯父為了多賺點錢，他不得不更拚命，除了他原本的工作內容外，他還想盡辦法看能不能多兼一份差。」

「兼差？！」我吃驚地望向韓銳勳，他的側面冷然。

「如果他長期這樣下去，身體一定會吃不消，說不定會在工地出事。」

「別烏鴉嘴。」我不禁跺了下腳。

韓銳勳無奈笑笑，「……妳或許會覺得，我為了錢，什麼事都做得出來，這種性格不但討人厭也不可思議。」

還真準，我確實是這麼想的。

當然我並沒有脫口而出。

「那是因為，我知道金錢的力量。」韓銳勳忽然用下頦比比左前方，「那位穿灰色夾克的先生是伯父吧？」

順著韓銳勳的視線看去，確實看到老爸的身影。

其實很多很多年沒到過老爸的工作現場了。

老爸總是說著工地危險，不讓我來看，也確實，工地並不是個適合小孩來參觀玩耍的地點，亂跑的小孩很容易造成自己和他人的危險。在我記憶裡他曾經受過大大小小的傷，幾年前也聽過老爸和媽說著要參加某位工人的告別式，一位從意外高處墜落不治的工人；或者又有哪位同事因工作而受了輕重不一的傷。

遠處的老爸手上拿著類似圖紙的東西正和兩名挖掘機操作員溝通，一名扛著灌漿用模板的高大男子在路過他們三人時手一滑，模板險些就這樣砸向老爸。

但老爸毫不在意，看來他早已習以為常。

對這樣的危險環境習以為常了。

戴著老舊鋼盔的爸爸，在這些高樓底下顯得相當矮小，微不足道。

他那件工作用的灰夾克我曾替他丟進洗衣機裡過，那時的我只覺得聞起來盡是塵土與汗水味，很臭，上面的污漬根本就洗不掉，還有大大小小的破損。

不知哪台高空作業車忽然發出了轟隆巨響，但底下的工人們不以為意地忙著。

此刻的老爸拿下了眼鏡，用袖子抹了抹臉上的汗水煙塵再重新戴上，繼續專注地和操作員溝通。

剎那間我有點想哭。

□

「……妳還好嗎？」駛離工地十分鐘左右後，韓銳勳從沉默中開口。

「還好。」沒想到自己的聲音聽起來相當遙遠和模糊。

黑色凌志滑順地駛入一條不算寬的巷子裡，這街道景色我認得出，是本來今天要跟瑋欣和靖萱一起去的貓咖啡CappuLungo附近。最後，在一座小小的公園前，韓銳勳把車停下。

「下車吧。」

「你要逛公園？」這座公園相當小，一瞥盡收眼底。

韓銳勳勾勾嘴角，「下來再說。」

我懶洋洋地下車，腦海裡還是老爸在工地裡的身影。雖然他不必搬運重物，也不必親自操控那些重機械，但仍然非常辛苦，風吹日曬雨淋的……

韓銳勳下車後逕自邁開腳步，走到了一棟面對公園的老舊公寓前。公寓的一樓是道鐵捲門，面寬大概三公尺多。韓銳勳從長褲口袋裡掏出電動鎖，鐵捲門緩緩上升。

「進來看看吧。」他率先走了進鐵捲門打開後的庭院空間裡。

雖然外表非常古老，但實際上屋況已經全部重新整理，使用的是最新的拋光石英磚，燈光和一切都很明亮，是間漂亮的房子。除了客餐廳和廚房兩間衛浴，還有三間寬敞的房間和一間小儲藏室，後方有一小塊庭院。

「如果結婚的話，這房子就送給伯父伯母。」韓銳勳語氣輕得像是在說著一盒便宜蛋糕似的，「前有公園，走十公尺就有超市，再走三百公尺有捷運站和醫院，生活機能不錯。」

此刻的我正站在開放式廚房正中央，看著韓銳勳。

一片混亂。

「送給我們家？」

「現在住的房子就放著等重建吧，直接先搬來這裡，就不會有壓力了。」

韓銳勳攤開手，那是個表示敞開胸懷的動作，「我是個言而有信的人。」

「……你，為了跟我結婚，付出這麼多也沒有關係？」

「投資總是需要成本，合作也需要互信，」韓銳勳環視著屋子，緩緩說道：「妳還是可以為了少女情懷或者什麼的拒絕或反對，我也能理解跟一個小女孩突然談結婚真的很詭異；不過我想，人生想要獲得一些什麼，就得放棄另一些什麼，這道理不管是對十幾歲的妳還是快三十的我，都完全一樣。」

我直視著韓銳勳，「那麼，你又放棄了什麼？」

韓銳勳聞言聳肩一笑，「如果結得成婚再告訴妳。」

「……」

他像是忽然覺得疲倦似地動了動頸子，接著隨手關上了燈，「走吧，送妳回家。」

「等一下。」

「嗯？」他回頭看我。

「我想知道，你的心理建設都做好了、調適好了？」

「不然我不會替未來的岳父準備房子，不是嗎？」他輕笑，「啊對了，順便更新一下情報——上次在事務所妳說，結這個婚會留下紀錄，這事我已經跟爺爺談好。」

「談好？」

「雖然會舉行婚禮，但是在妳大學畢業前不會登記，如果到時要分手不會留下紀錄。」

「但是這樣你拿得到股份嗎？韓爺爺那麼精明能幹……」

不過聽起來瞬間變遊戲還是家家酒，好像輕鬆不少。

「呵。我只跟他說，一旦登記、改了戶籍和身分證，妳可能會在學校很有壓力，沒想到我爺爺意外地疼妳呢，他說那就照妳的意思辦。」

「這樣沒有法律效力的婚姻，不會影響到你的提前繼承？」

韓銳動這次完全轉身正視著我，相當直接地打量我，「妳很有趣。」

「有趣？」

我推了推眼鏡。實在不覺得這是個好評。

而且你並沒有回答我的問題。

「雖然第一次見到妳的時候就覺得妳應該是平均範圍以外的女孩子，不過這兩次見面更加深了這種感覺。」

到底是哪種感覺啦？！

什麼又是平均範圍？我不懂啊。

「我不明白你在說什麼。」

「沒關係，就當作是讚美或者正面評價的一種吧。」他笑著說道，「今天謝謝妳的時間，真的。」

我第一次見到他露出溫和與禮貌之外，比較接近「開心」的笑。

這笑容……

以後可能會常常見到，是吧。

02

回家時家裡沒人，看看時間媽媽今天可能在超市打工，她最近找了一份在超市裡擔任收銀員的工作，時常要配合排班。

我回到房間把書包往書桌上一扔，人順勢倒在床上。

——不對。糟了！

我猛然坐起，這才發現把書遺留在韓銳勳的車上。

三本都是借來的，搞丟就麻煩了。

我起身到客廳，找出韓銳勳的名片，打了他的手機。

「喂？」

「我是夏明芝，不好意思你在忙嗎？」

「還好，可以講話。」

「那個，我好像把幾本小說忘在你車上了。」

「我知道。如果妳沒有很早睡的話，我晚上可以拿過去給妳。」

「這樣啊……大概幾點？」

「十點左右應該可以到妳家。到了之後直接按電鈴還是打手機給妳？」

「打我手機好了。」如果被爸媽知道這傢伙跑來，事情只會更複雜。

「好，那晚點見。」

「謝謝你。」

掛上手機之後我拖著腳步回到房間，從書包裡拿出自己的手機。沒有任何訊息，也沒有未接來電。

——妳趕快換成智慧型手機嘛，我們現在都在用 LINE 了。

——叫妳爸媽買給妳嘛，又不會很貴。

——可是，用這個也一樣找得到我啊，有事還是可以打電話傳簡訊。

——喔唷這麼節儉是幹什麼啦～

忘了是靖萱還是瑋欣，每次看到我拿出堪稱古董的傳統手機都覺得不可置信，我稍微解釋了智慧型手機和網路費的開銷能省則省，但卻沒有說必須節省的理由。我當然也有很想要的東西，可是……

「其實沒有那些通訊軟體，好像也還好嘛，雖然老是被說是古人。」

我看著手中的傳統摺疊式手機，自言自語著，同時也不禁想到了今天韓銳動帶我去看的那間一樓公寓。

比現在住的家還大，看起來又漂亮又舒服，前面的院子可以當車庫，後面小空地媽媽能種她喜歡的盆栽；更重要的是，如果能擁有那間房子，這裡，這吞掉我們一家血汗積蓄的房子就不會再是壓力了。

──錢不是萬能，沒有錢，卻是萬萬不能。

韓銳動的話反覆在我耳邊迴繞著，我拉開書桌椅坐下，伏在書桌上，就像在學校午休那樣。

我，夏明芝，今年十七歲，過去的人生不算很好也不算壞，家裡是有些經濟壓力但也還沒到真的慘不忍睹的地步；然而就在兩個月前爺爺過世，他留下的不是遺產而是遺囑，希望我能嫁給他好友的孫兒……

什麼嘛！

人家到現在一次戀愛都沒談過就要結婚？！

結什麼婚啊？！

十八歲都不到最好是結婚啦！

混亂，太混亂，徹徹底底的混亂了……

韓銳動倒是很準時，十點一分不差到了我家樓下。

掛上電話我披了外套趿著拖鞋就下樓，直到進了電梯照了鏡子才意識到身上的T恤圖案幼稚，運動褲還褪色有破洞，臉上有痘痘粉刺（因為本人是青春少女）而且眼鏡又厚又重，亂綁的馬尾髮圈花色還很俗。

唉要讓才貌雙全（？）大律師跟我這種醜小鴨結婚也太委屈了，要不是看在錢的份上大概我投胎八輩子他都看不上眼吧。

算了，讓他徹底看清現實也好，如果真的結婚了他就得天天見到我，還是早點做好心理建設比較實在。

「不好意思讓你跑一趟。」走出大門我向他比了個Sorry的手勢。

韓銳動果然忍不住打量我，「還沒結婚就已經大嬸味十足了，不容易啊。」

「……是啊，知道怕了吧，趁現在打退堂鼓還來得及！」

對啦對啦我也知道自己是醜小鴨不用你強調。

韓銳動輕輕彎了彎嘴角，打開後座車門提出一個白色紙袋。「妳的書，還有手機跟門號 SIM 卡。」

「手機、門號？」

「沒有智慧型手機很不方便吧，我選了一支白色的，上網門號是用我名字辦的，但不要以為這樣就可以整天掛網聊天。」

「你……要送我手機？你怎麼知道我沒有智慧型手機？」

韓銳勳不知道是懶得說明還是害羞，看著遠方說道：「第一次兩家見面時我就看過妳的手機。」

「很貴吧？」雖然想要，但如果接受了會不會有不良後果？

他似笑非笑，看向我，「現在的高中生應該都會用智慧型手機吧？摸索一下就可以了，不會的話也可以問問同學，要真的還不會，再來問我。」

「……這個，沒有什麼附加條件吧？」

「我不是那種以為送支手機就可以騙到女孩子的小氣鬼。」

也是，連房子都願意送了，確實很大方。

「謝謝你，很不好意思。」

「不必不好意思，又不是妳跟我要的。」韓銳勳指了下我手上的紙袋，「那三本書都是妳的？」

「不是，都是跟朋友借的。」

「喜歡看小說？」

「嗯，喜歡啊。」

「那本，什麼閃亮魚《從師生開始》，是在講師生戀的？」

「嗯，好像是，三本都是今天剛拿到，還沒看呢。還有，作者叫亮亮魚啦，才不是什麼閃亮魚。」

韓銳勳彷彿在思索什麼似的，過了一會兒才說：「我翻了幾頁，不介意吧？」

我不禁笑了出來（這應該是第一次在他面前笑），「這是書耶，當然不介意，而且就算你沒說，我也看不出來你翻過。」

「除了翻翻內容之外，我還拍了封面。」

這就有趣了。「你拍小說封面做什麼？」

「叫助理幫我訂書。」他再度笑得莫測高深，「總是要了解一下現在的小丫頭們在想什麼。」

「人家亮亮魚的讀者年齡很廣！」這完全是亂講，其實根本不知道有什麼人在看這作者的書。

「是嗎。我走了，再聯絡。」

「喔，」我在韓銳勳打開車門的同時補了句，「——手機，真的很謝謝你。」

然而就在他要開口的瞬間，老爸的聲音劃破了夜晚的寧靜——

「這不是銳勳嗎？！」

坐在客廳我手足無措。

沒想到韓銳勳要走時正遇到老爸回家，真是嚇死我了。

他倒很自然，就說拿書給我，爸大概也很尷尬又不知如何是好（果然是父女，都很容易尷尬），也沒多說，只以很長輩的口吻說了句路上小心。

後來我跟老爸一起進電梯回家，他超級不知所措，弱弱地問了句「妳跟韓銳勳有聯絡啊？」這樣。

好吧我也挺緊張的。

幻想中第一次交男友然後被老爸發現大概也差不多這樣，只可惜在幻想中我應該是跟什麼斯文清秀的陽光學長交往，而不是剛剛開著凌志揚長而去滿腦子只有錢的大律師——

到底有哪個美少女（大誤）會幻想自己跟大十歲而且把錢看得比命還重的無良訟棍談戀愛啊？！

而現在，老爸跟老媽坐在我面前，同時一臉狐疑地看著我。

「明芝啊，所以，妳跟銳動有……有常聯絡嗎？」媽問道。

「沒有……」

這太難解釋了，第一次是瞞著老爸和媽自己跑去他的事務所談判，今天則是他自己跑來找我，怎麼想都不算經常吧？而且目的都很詭異。

「上次跟韓家那邊見完面之後，媽一直都沒問妳，看來今天是個好機會，妳就說說看，妳對於跟銳動結婚這件事有什麼想法？」

「老婆，」爸直接插話，「明芝才幾歲，談什麼結婚，那個是爸老糊塗了，才跟韓家爺爺約定，這不能算數的。」

「但是，孩子們竟然私下有在見面，這不就表示其實有機會嗎？」媽媽音調高了起來，「我之前有跟韓家爺爺通電話，他非常認真呢！銳動的條件那麼好，如果明芝能嫁給他，後半生就不用愁了！」

老爸緊擰著眉，「說什麼傻話！今天明芝又不是已經大學畢業、成年了，就一個高中生哪有什麼結婚不結婚的？！再說了，那小子大明芝足足十歲，兩個人能走在一起嗎？」

「話不是這麼說，你看孩子們都主動互相聯絡了，這代表兩人都不排斥啊，更何況早婚的女孩子也不是沒有啊，我嫁你時也不過只有十八歲，為什麼現在明芝就不可以？」

呃。

其實我是排斥的，好嗎？

而且媽我都不知道妳十八歲就被爸騙走了耶……

真是沒想到。

「妳是妳明芝是明芝！」老爸臉紅了，「而且妳沒聽清楚嗎？還有年齡差距啊！他們相差十歲耶！」

媽媽霍地站起，「夏永然，那你自己說，你又大我幾歲？！」

「呃！」老爸瞬間語塞。

這我倒是知道，老爸剛好大媽媽一輪，也就是十二歲。

「等、等一下，所以，爸是在三十歲的時候，娶了十八歲的媽媽，這樣？」我再一次確認。

媽媽傲然點頭，「沒錯，就是這樣。」

「妳、妳當年說要嫁給老爸這種大叔，外公外婆都沒反對嗎？！」真是傻眼了我。

「拜託哪有反對，妳阿公只說了一句——**聘金三十萬，有就提親，嘸就免講！**」媽突然笑了出來，推了老爸的肩膀一下。

老爸臉更紅了，索性起身匆匆逃離客廳。

不愧是霸氣外公啊。

不過現在這完全不是重點。

老爸跑走後，媽媽重新坐下，注視著我，「明芝啊，妳現在有喜歡的人嗎？」

「現、現在？」我搖搖頭，「沒有。」
「那，妳覺得銳動這孩子怎麼樣？」
「什麼怎麼樣？」好啦，其實我知道媽想問的是什麼，但還是決定裝傻。
「別的不說，至少長得夠帥吧？」
「是長得不錯。」
帥是當然帥，就算他跟明星站在一起也完全不輸，只是——
只是這樣一來，當我跟他站在一起時，就會突顯我的不可愛不漂亮啊！
「那就對啦。」媽媽拍了下手，「這年紀的女孩子，看男生最重視的不就是臉蛋嗎？這樣還有什麼好猶豫？」
妳真的是我媽嗎？
妳就這樣決定女兒的終身大事不會太輕率了點？
雖然我知道妳一向都很粗線條，不過這也未免太誇張了吧。
我嘆了口氣，「媽，我現在連高中都還沒畢業，一個男朋友都沒交過，談結婚不會太奇怪了嗎？」
「這有什麼，妳爸也是我第一個男朋友啊。」

「但至少你們是戀愛結婚的啊。」
「其實不算耶。」媽媽突然語出驚人，「是相親。」
「什麼？！」我瞪大眼，「相親？」
是哪個白痴媒人安排出這種相差十二歲的相親啊？
媽媽聳肩，「因為媽考不上大學而且又不喜歡念書，所以就去相親了。」
「然後呢？」
「第一次相親就遇見妳爸啦。」
「呃。」我快瘋了，「那相親之後交往多久結婚？」
「相親那天去看了場電影……接著大概一個月之後就定下來了。」
「……是有沒有這麼神速啊……」
這下謎底終於解開了！
從知道爺爺有遺囑讓我跟韓家孫子結婚開始，老媽就一直冷靜萬分，毫不在意，甚至可以說是家裡唯一贊成的；本來我以為她純粹覺得韓銳動是很好的結婚對象，沒想到除了韓銳動的條件之外，她自己也幾乎就是走這種又有年齡差距又像是媒妁之言的婚姻路，難怪她一點都不排斥這樁婚約。

「不過，銳勳這孩子這麼晚還跑來，你們現在應該互動得不錯吧？」

「我的書忘在他車上，所以他拿來還我。」

「什麼？！」媽媽的音量再度拔高，「妳坐過他的車？！」

早知道就不說了可惡。「今天也不過是第一次……」

「書忘在他車上？」媽媽雙眼炯炯有神盯著我。

「細、細節就不必在意了！」不行，得趕快逃走。

「等一下，所以妳和銳勳是在放學之後見面的？」

可惡慢了一步。「……是沒錯啦。」

「約在哪見？」

「也沒特別約……」那傢伙根本是直接殺來學校堵人，哪有什麼約不約的！

媽媽挑眉，「難道，銳勳去學校接妳？」

「用『接』這個字就太沉重了點……」

媽媽聞言露出非常燦爛的笑，伸手捏了下我的臉，「好孩子！很好！這樣就對了！」

「啊？」現在是什麼狀況？

「都已經專程去接妳放學了，看來進展得非常好嘛！哎呀，真沒想到銳動這孩子這麼不挑，不，這麼有眼光，媽媽實在是太高興了。」

不挑是嗎……妳這是為人父母該說的嗎？

竟、竟然還眼泛淚光，

有沒有這麼誇張啊？！

□

──找我什麼事？

──沒事不能找你嗎？

──我在準備明天上庭的資料，沒時間閒聊。

──那好，我就開門見山了。那個小丫頭的事，哥打算怎麼辦？

──我以為只有爺爺催我結婚呢，沒想到你也這麼積極。

──哥明知道我不是這個意思，我今天跟爺爺說我反對，那個眼鏡丫頭根本什麼狀況都搞不清楚，不知道也理解不了婚姻到底是什麼。

——我們事務所裡接最多也最好賺的就是離婚案子，你知道這意味著什麼嗎？

——意味什麼？

——意味著這世上不了解婚姻是什麼的成年人佔了絕大多數。再說了，她不了解婚姻，難道你就很了解嗎？

——我至少了解一件事：她心智還沒成熟，不能做重大決定。

——如果你幼稚到以為人非得到了哪個年齡才會有成熟心智的話，那麼我很失望。

——你明知道我不是這個意思。我知道，爺爺也知道，你是為了提早拿到股份才願意結婚，爺爺的想法我就不管了；可是，你不能因為一己私慾就犧牲那丫頭的人生啊。

——你怎麼知道我不是認真的？

——難不成哥是真心想和那個眼鏡丫頭結婚？！

——韓銳揚，我只說一次，你，對未來大嫂別再丫頭來丫頭去的，懂嗎？

□

「喂喂喂！」靖萱從後拉住我的書包，「叫了妳好幾聲，怎麼都沒聽到？」

「早啊。」我笑了笑，「剛好沒聽到，不好意思啦。」

靖萱走在我身邊，晃著手上的早餐袋，問道：「欸，昨天那個大叔是誰啊？」

呃，我就知道。「就遠親……」

「遠親？」靖萱顯然不信，「什麼輩分的遠親？」

「就是因為算不清楚輩分但又有關係所以才叫『遠親』嘛……」完全胡說八道了我。

靖萱更不相信了，「連輩分都算不清楚，那麼遠的遠親，怎麼會來找妳呢？」

「嗯……因為我家剛好沒人。」完蛋了我超不會說謊的。

「是喔，」靖萱倒是沒再追問，只說道：「從來沒看過男生穿西裝可以這麼帥的，開了眼界。」

還眼界咧……

「妳不覺得嗎？」靖萱又重複一次。

「是長得不錯啦。」

帥又如何，難道我要感激涕零自己那「傳說中的未婚夫」一表人才嗎？

「欸他幾歲啊，是在做什麼的？是藝人嗎？還是模特兒？」

「他大概快三十啦……」唉真的是大叔沒救了，「是個律師。」

「是喔！這麼強！」靖萱完全露出崇拜的表情，「又帥又有才能，太夢幻了吧。」

「曾靖萱我都不知道妳是大叔控。」送給妳好了。

靖萱以相當認真的表情說道：「不覺得同年齡的男生都是屁孩嗎？」

「在學校裡講這麼大聲這樣好嗎？」

「可是同年齡的男生有時真的很幼稚啊，聽說我哥高中時也很幼稚。」

「靖南哥嗎？」

「妳才知道。不知道說他天真無邪還是幼稚單純。」

「那現在為什麼變成醫學院之狼？」

這是靖萱說的，聽說靖南哥考上醫學院之後突然從陽光少年變成花花公子了。

靖萱聳肩，「聽說是失戀造成的，其他不知道。」

「……是喔。」

真好奇是什麼樣的女生可以造成這種效果。

靖萱忽然又伸手拉住我的書包，「欸。」

「嗯？」

「我問妳，高一的時候啊，妳不是常來我家一起看漫畫嗎？那個時候，妳是不是有點喜歡我哥啊？」

呃！！！

「妳、妳亂講。」我差點沒踩空樓梯，故作鎮靜，「哪、哪有，哪可能？！妳少亂猜、才沒有！」

靖萱挑眉，「是嗎？可是我印象中，每次我哥在的時候妳都會特別淑女、溫柔，在意形象耶。」

「……那是因為禮貌啦！」

這時絕不能臉紅，一旦臉紅就會被識破，這樣是不允許的。

「是……嗎……」靖萱故意把字拉得老長，「真可惜。本來還想說如果妳對我哥有興趣的話，幫妳跟他從中牽個線呢！」

「牽什麼線啦，別鬧了喔。」我心虛地說道。

「他最近又單身了，本來想說如果是妳跟他交往也不錯，既然妳沒那個意思就算了。」

曾靖萱，就算我有那又如何？

重點是妳哥的想法才對啊！

當然這話我並沒說，一說就等於真的承認以前喜歡過靖南哥。

不過，那畢竟已經是以前。

而且現在想來，應該也就是那種淡淡少女情懷的程度。是喜歡，會想起，相處時會害羞臉紅，也會在意，但卻沒有那種非在一起不可的強烈渴望。隨著時間過去，加上從靖萱那兒聽到了靖南哥換女友如衣服的「威名」之後，所謂的好感或喜歡就慢慢淡去了。

反正不可能在一起，那麼就別多想，不是嗎？

「靖南哥學校多少女生啊，他的事妳就不用操心了。」我刻意笑了笑，「而且我呢，現在對戀愛沒什麼興趣。」

因為本人正在煩惱婚姻大事……

這樣並沒有比較好啊可惡。

放學時我一樣和靖萱、瑋欣一起步出校門，因為有了智慧型手機的關係（晃點大家說自己存錢買的），所以今天整天的話題都繞著手機打轉。瑋欣說我應該買個可愛的保護殼，靖萱說我們三個可以一起用同款的耳機塞吊飾，但我不想多花錢……大致上就是這麼日常瑣碎的話題。

仔細想想這種閒聊其實很幸福，沒有壓力，沒有什麼不得了的大事，跟朋友們在一起，就能暫時忘掉那些令我煩心的現實；直到，所謂的「現實」——迎面走來。

「咦？！昨天的大叔！」先喊出來的是靖萱。

接著瑋欣也高分貝呼喊，還舉手揮舞，「西裝大叔，又見面了。」

「妳們好。」韓銳勳從黑色淩志旁走來。

你今天又不用上班了是吧？現在才下午四點耶。

我在心裡嘆氣，但表面還是裝作乖巧親戚晚輩，「你好。」

「大叔今天又要找明芝嗎？」瑋欣問道。

「剛好路過，伯母請我來接明芝放學。」韓銳勳微笑著，相當溫柔地向我伸出手，「書包和提袋給我吧。」

「不、不用了。」我懷疑地問道，「你說，是我媽請你來的？」

韓銳勳帶著笑點點頭，「是啊，等等要一起去妳家呢。伯母有事要說的樣子。」

「是喔……」好吧，應該不至於是在騙我吧。我轉頭向靖萱和瑋欣說道：「那今天我就先走囉，明天見。」

「好吧，妳要看 LINE 喔。」

「Bye！」

□

回家路上韓銳勳沒跟我說話。

之所以沒說話的理由是因為他戴著藍芽耳機一邊駕車一邊和同事談案子。內容大致上是某個女明星抓到富二代老公偷吃，不想離婚但想要讓老公過戶幾棟豪宅給她當作和解賠罪，最好是再加碼千萬現金什麼的。

那個女明星整天在電視上曬恩愛、教人如何馭夫、表現得自己超幸福，結果現實根本不是這樣，這實在是……算了不知道該說什麼，反正也不關我的事。

聽著聽著，忽然有所領悟……

這人每天就這樣泡在這些討人厭的案子，難怪對婚姻或者愛情一點期待都沒有，眼裡只有錢了；更難怪他會覺得，婚姻不過也是交易的一種。

到家附近時韓銳勳結束了通話，對我說道：「不好意思，妳很無聊吧？」

「不會啊，難得聽到這麼勁爆的八卦。」

「要保密喔。」

「不能說嗎？」

「消息走漏就麻煩了。」韓銳勳趁著紅燈時伸個懶腰，「雖然有點早，但是先去吃晚餐怎麼樣？」

「吃晚餐？不是要回我家去嗎？」難道這是陷阱？！

燈號轉變，韓銳勳踩下油門，「其實我是先去過妳家才到學校接妳的。」

「先去我家？你跑去我家做什麼？」

「伯母今天打電話給我，要我過去一趟。」

天哪，頭痛蓄勢待發。

「她找你幹嘛？」

「問問我們的『進度』到哪了，順便以長輩的身分給予『支持』這樣。」

韓銳勳勾起充滿魅力的笑，「談得很愉快。」

「……我的天哪。」真的開始痛了，我的太陽穴啊。

「走之前伯母主動說，我可以帶妳去約會呢，十點前送妳回家就可以了。」

老媽妳是有這麼喜歡韓銳勳嗎？

還是迫不及待想把我「出清」掉？

妳女兒我未滿十八歲耶妳到底知不知道？

見我沒說話，韓銳勳又道：「我想過了，我們是應該好好培養一下感情。」

我沒好氣地答道：「幹嘛培養，又不是要真的在一起，就算結婚也是為了錢，有什麼好培養的？」

「話不是這麼說，不管是交易還是合作，都需要默契才得以順利進行。再說了，結婚之後就要住在一起，早點了解彼此的生活模式很重要。」

「果然是談交易，真是有夠正經八百的。」你就抱著錢過一輩子吧！

「不是談交易的話，那是要跟我談戀愛囉？」韓銳勳不管明明就在行駛途中，忽然整個身體側過來逼近我，一股給人都會冷調感的薄荷淡香傳來，「不然，就從接吻開始吧？」

——啪。

直到掌心一陣熱辣我才警覺。

糟了，我打的人是律師耶，會被告吧？！

而且還是屬於大型國際知名律師事務所的律師——

完蛋了這下。

就算能和解，和解金大概也就差不多是我一輩子的薪水吧。

韓銳勳縮回身體，空出一隻手，撫著臉頰，「挺大力的嘛。」

「都、都是你啦！」我叫道，「要、要不是你靠那麼近，我才不會——」

「所以還是我不對？」

「當然，是你，不對……」

愈說愈心虛，他臉頰真的發紅了，我既苦惱又有點歉疚，其實也知道韓銳動應該不至於真的對我怎樣，但不知道為什麼就是那麼直覺地動了手，唉，說來說去還是自己不好。

我看著他微發紅的側臉，囁嚅道：「對不起，我不是故意的。」

韓銳動沒應答，看表情不像非常生氣，不過說不定是強自忍耐沒表現出來。

好可怕，我寧可你罵我幾句啊大律師。

「……欸，我說，真的對不起。」

「……」沒理我。

「好啦不是你不對，是我不好。」

「……」沒理我。

「好像太用力了，抱歉，痛不痛？」

「……」還是沒理我。

「我真的是誠心誠意道歉喔，因為被你嚇到了才會這樣，不是故意的，你就寬宏大量別生氣了，好嗎？」

這大概是我十七年的人生有史以來最溫柔的語調，就這樣用在這人身上實在很浪費（好吧只能怪自己）。

這時韓銳勳將車駛入某座地下停車場，還是沒吭聲。

直到將車駛入車位停好，韓銳勳才轉頭看向我。

「真的，有誠意道歉，是嗎？」

原本坐立難安的我立即點頭如搗蒜，「真的！你相信我。」

「既然妳有誠意的話，那我也不會太為難妳。」韓銳勳第一次露出如此有殺傷力的笑，那笑容足以讓人被他出賣還幫忙數錢，他望著我，「我會好好想想和解的條件，想到了再告訴妳。」

呃，不是直接原諒就好了嗎？

「條件？有條件？」

韓銳勳似笑非笑，「從來沒有女人打過我，妳是第一個。」

「誰、誰說的，我敢保證你小時候伯母絕對有。」

天哪我到底在說什麼！

就算真心這麼想也不該在這個時候說出口吧，我這個大白痴！

韓銳勳竟笑了開，「妳真的很有意思。」

「那就看在我很有意思的份上剛剛的事就這麼算了吧，嗯？」我試探地問道。

「這個嘛，就要看妳表現了。」

「呃。」不過，看樣子是沒很生氣，應該不會太刁難我吧？

下車後我看看四周，似乎不是公共停車場，剛剛太緊張沒仔細看韓銳勳到底把車開到什麼地方，但感覺得出來並不是老舊雜亂的空間，也不像一般停車場非常有壓迫感。雖然我對汽車懂得不多，可是放眼望去不是賓士、寶馬、保時捷就是積架，看來光這裡隨便選幾輛車加一加就比我家那棟海砂屋還貴了吧。

「這是哪裡啊？」我跟在韓銳勳身後問道。

「停車場。」

廢話這裡這麼多輛車不是停車場難道是籃球場嗎？

「我的意思是，這裡是哪裡的停車場？」

「這裡是大廈住戶專用停車場。」

「喔。」

嗯？

住戶專用？

這麼說來——

「你、你住這兒？」

「二十四樓A座。」

真的，瞬間，嚇出一身冷汗。

我忍不住伸手拉住韓銳勳那高級西裝的衣袖，「等、等一下——所以，我們，現在要去——」

韓銳勳極自然地接話，「我家。還有，這樣袖子會皺的。」

「為、為什麼帶我去你家？」我鬆開韓銳勳的袖子瞬間改為緊抓自己的書包，「你、你想幹什麼？」

「回家啊。」韓銳勳好整以暇地注視我，「一直結巴，在怕什麼？」

「哪、哪有。」糟了，又結巴。

韓銳勳微彎腰，湊近我，「怕我撲倒妳？」

可惡差點又想賞他巴掌，不行我要冷靜！

「才、才沒有。」

韓銳勳直起腰的同時，勾起嘴角，「放心，我對學生制服沒有特殊偏好。」

「變態！」

說時遲那時快，韓銳勳突然伸手向我直襲而來——

「啊——」我嚇得叫了出來。

但沒想到他只是用手指把我的眼鏡往上推了推，「妳的眼鏡——都快滑到鼻頭上了，同學。」

「要、要你管。」

□

韓銳動的家看起來很眼熟。

太奇怪了，總覺得哪裡不對勁。

怎麼可能這麼眼熟？

這色調、這客廳、這擺設、這餐桌、這地毯——

我環顧四周，忍不住問：「你家的室內設計……是不是直接 copy 哪部偶像劇啊？那部什麼《初戀》之類的？」

「copy？」韓銳動走向開放式廚房，從非常漂亮如藝術品般的鐵灰色冰箱中拿出礦泉水，「妳剛說的那部什麼奇怪偶像劇，是在這兒拍的沒錯。」

「什麼？！」本來正要坐下的我瞬間彈直身體，「真的是在這裡拍的？！難怪！那、那，這裡就是戲裡面男主角楊在軒的家？！」

韓銳動不置可否地點點頭，「也許吧。我不看連續劇，不過，在搬來前確實是把房子借給電視台好一陣子。」

「電視台怎麼會想到要跟你借房子？」

「因為那時的女朋友在電視台工作，場景設計師。」

「喔喔。」

等、等一下。

那時的，女、朋、友？

韓銳勳走向我，遞給我一瓶礦泉水，「請坐。」

「雖然我好像沒有立場，但我很好奇——」

「關於女朋友的事嗎？」不愧是大律師，馬上猜到我想問什麼。韓銳勳只是聳聳肩，「我單身好一陣子了。」

不知為什麼有一絲鬆口氣的感覺。

可是，我幹嘛要鬆口氣。

看著我陰晴不定的表情，韓銳勳勾起嘴角一笑，「妳放心，進教堂時不會出現什麼前女友衝進來大哭大鬧的場景。」

「那就好——不是啦！誰跟你進教堂啊！」

「不然妳喜歡中國古典風的鳳冠霞帔我也可以啊。」

「我並沒有要嫁給你好嗎？大叔！」特別用力地強調了大叔兩個字，拜託你清醒點啊！

韓銳勳一面解開西裝鈕釦一面往走廊移動，「過來參觀一下吧。婚後會暫時住這裡喔。」

被你這樣一說我哪敢走過去參觀啊……

真是無言。

「不過來看看嗎？」韓銳勳回頭看我，一手正解著領帶，「留了兩個房間給妳，有誠意吧。」

什麼？這麼好？

不對，不可以就這樣被騙。

可是，參觀，只是參觀一下應該沒關係吧……

結果我還是走過去了。

主臥正中是張低調奢華的大床，有相當寬敞、附有大型梳妝台的衣帽間，衛浴裡有著電影裡常見的華麗三角按摩浴缸，看起來一點也不真實，就像是漫步在豪宅樣品屋中。

至於所謂「留給我」的，則是一間以純白色裝潢為主的次臥，淡紫色雙人床和所有收納衣櫃、傢俱上面都有著細細紋樣，並且有個小陽台和落地窗，是我現在所住的房間兩倍大。另一間則是書房，正中擺著一張可容納至少四台大螢幕並列的長桌和兩張高背椅，兩面牆全是書櫃，擺滿了法學書籍和各式各樣的資料夾。

「這是你工作的地方吧。」

「當初是這樣規劃的沒錯，不過其實我大部分都在事務所加班，不常把工作帶回來。所以我想，以後這書房也給妳用。」

不知道該說什麼好。

沒看過這麼漂亮的房子，

而且也沒——

「啊！」我叫了出來，嚇得抓住韓銳勳，「那、那是什麼？！」

一團黑色毛球忽然從書房中竄出，以迅雷不及掩耳的速度飛過我腳邊。

「嘟嘟。」韓銳勳忽然大笑，「我的貓，嘟嘟。」

「你、你有養貓？！」嚇我一跳，黑色蓬鬆毛球這時已經從我的視線中消失。

「嗯，全黑的波斯，是男生喔。」韓銳勳第一次露出如此溫柔的表情，他輕輕拍著我的手，「別怕，以後就是一家人了。」

誰跟你一家人！

感到臉紅的我馬上甩開韓銳勳，往後退了一步。「黑、黑貓好可怕。」

這是真的，如果還有著綠眼睛就更恐怖了。

「不會可怕，純黑的貓非常漂亮。」韓銳勳驕傲地說道，「而且我們嘟嘟還有著少見的綠眼睛呢。」

……那是妖怪吧根本。

看韓銳勳的樣子，好像很喜歡貓，於是我故意問道：「欸，我問你。」

「嗯？」

「貓跟我選一個，你會選誰？」

韓銳勳雙手抱胸望著我，「銳揚說得沒錯，妳果然還是小丫頭。」

「什麼啊？」

他無奈地嘆口氣，「妳不是真心想趕走嘟嘟，那就別問這種無謂的問題。」

「誰、誰說的！我就不、不喜歡貓，如果要結婚，那、那就不能養貓。」

我承認，我完全是在唬爛。其實我最討厭的就是那些為了什麼搬家結婚畢業懷孕而棄養寵物的人。只不過此時此刻我就是想耍個任性，讓韓銳勳好知難而退。

韓銳勳看著我，深深地，他的眼睛宛如玻璃珠那樣深而透亮。

原來這人不笑時這麼有殺氣。

「你、你那是什麼表情……」好可怕。

「我不會拋棄家人的。」韓銳勳一字一句地說道，眼神嚴厲，「如果妳真的不能接受貓，那我會想辦法找附近的房子給妳住，但我還是會每天回來陪嘟嘟。」

好好好，我知道了，別用那麼可怕的表情說話，太有威嚴了；這個時候我就相信你真的是國際級大律師。

「……好啦，我開玩笑的。」我不禁垂下頭說道，「不會叫你拋棄貓啦。」

韓銳勳瞬間輕笑，肅殺之氣立刻消失，變臉之快實在超乎想像，「我知道妳在開玩笑。」

——喵喵嗚。

話題主角這時忽然現身了，站在靠客廳那端，搖晃著松鼠般的蓬尾巴，非常漂亮，比綠寶石還美的眼睛注視著我和韓銳勳，鬍子捲捲，相當可愛。

好吧，人帥貓可愛，這家子也太強大了。

「養過寵物嗎？」韓銳勳忽然問。

我搖頭，但其實不太對，「不算正式養過。」

「什麼意思？」

「我小一的時候，我媽的朋友把她的狗托在我們家，說懷孕生孩子不方便照顧狗，等生完孩子再接回去，結果就這麼棄養在我家了，再也沒來看過。是一頭老狗，很老很老，大概一年後就走了。」

說著，忽然難過了起來。

那是隻土黃色，看起來並不聰明的中型犬，不漂亮，俗俗的，但很乖，非常溫順，因為太老了所以不太活動，喜歡有人揉揉牠的頭，牠會瞇起眼，露出淡淡幸福的表情。

牠快不行時，我媽曾打電話給那個遺棄牠的女人，問她要不要來看看，那女人拒絕了。電話掛上沒多久，牠就在客廳那個固定放著牠小床和墊子的角落停止心跳，而且我放在牠身上的手掌，清晰明確地感受到了這一切。

直到現在我都覺得，牠是在確定原來的主人真的不會出現後，才放棄了活下去的意志。

然後，牠的名字跟長相一樣俗，就叫阿黃。

但我很想牠。

糟了，眼淚就這麼掉下來，好糟糕。

「怎麼啦？」韓銳勳極輕緩地扳過我，顯然有些吃驚，有點不知所措。

我別過頭，拿下眼鏡，用手背抹去淚水。「沒什麼。」

韓銳勳非常輕緩地環住我，我知道那是安慰作用的擁抱，不帶什麼男女之情。也是啦，一邊抹著淚我一邊想，誰會對個眼鏡醜小鴨有男女之情，又不是什麼超現實少女漫畫。

但我還是覺得不好意思，在輕觸到他胸膛的那瞬間我彈了開，胡亂說道：「會弄髒你的名牌襯衫。」

韓銳勳露出理解的笑，不知從哪拿出一盒面紙遞給我。

我接過面紙，忽然感到小腿有些搔癢。

是嘟嘟大人，用牠那毛茸茸的大尾巴掃過我。

我戴回眼鏡，低頭，嘟嘟大人有些害羞地抬頭看我，然後喵一聲逃走。
「阿黃死了之後，我就很怕再養……」
不是很想稱之為寵物，我覺得那比較像家人。
「阿黃，是那隻老狗嗎？」
「嗯。」我把用過的面紙捏成一團，向韓銳動不好意思笑笑，「對不起，突然想到阿黃的事。」
「沒關係的。」韓銳動微笑，「我想，妳跟嘟嘟一定會處得很好。」

□

——哥，我今天在東區跟朋友吃飯時遇見了筱如姊。
——跟我說這幹嘛？
——她想見你。
——你認為我會想見她嗎？
——她說，她想跟你復合。

——還真直接。

——你們在一起那麼多年，她會這樣想也很合理啊。

——你沒告訴她我忙著籌備婚事嗎？

——我看得出筱如姊還對你有感情。

——我對她也有感情，但不是愛情。早就不是了。

回到家時媽媽帶著異常熱情的笑站在玄關等我。

我在她興奮的注視下脫鞋放書包，然後打算早點洗澡睡覺。

「銳勳送妳回來的吧？」

很難形容老媽問話時的表情，彷彿是在探詢我中樂透之後去領獎沒那樣，充滿期待又小心翼翼。

「嗯。」我決定簡單回答就好。

老媽跟著我進房，看著我脫襪子，再度以探聽八卦消息的口吻問道：「銳勳今天說，要帶妳去他家看看——結果有去嗎？」

「去了。」

「晚餐呢?在哪裡吃?去很好的餐廳吧？」

「沒有，就在他家吃，叫披薩而已呀。」不過倒是叫了一家我沒聽過但超好吃的披薩，讓我心情大好。

媽媽失望之情溢於言表，「沒有帶妳去什麼豪華餐廳吃法國菜嗎？」

我攤開雙手，「母親大人，妳看我這一身制服，適合去什麼豪華餐廳吃法國菜嗎？而且帶我去也沒用吧，長這麼大我還是不知道法國菜裡除了蝸牛還有什麼啊，帶我去只是浪費錢而已。」

「但是只吃披薩太小氣了。」老媽不滿地說道，「要追女生怎麼可以只吃披薩。」

「那不然當年老爸追妳的時候難道天天都吃法國菜嗎？」

老媽雙手扠腰，「那時候流行泡沫紅茶店！」

而且嚴格說來，韓銳勳並沒有要「追」我，而是在想方設法騙我跟他假結婚。

然後兩個十二吋的披薩送來之後因為太好吃，結果我吃掉了整整一個半，韓銳勳看著以極快速度變空的披薩盒淡淡說了句：我以後會努力提高伙食費預算的。

真的一整個丟臉，都是食慾旺盛惹的禍，可惡。

「什麼泡沫紅茶店聽都沒聽過。」我扮了個鬼臉。「好啦我要拿衣服洗澡了，妳出去啦。」

「欸欸重點都還沒問呢！他家大不大？漂不漂亮？」
「就一般大小吧，是比我們家大，裝潢得也很時尚。」
老媽雙眼這次換成迸出光彩，緊接著問道：「那，看過主臥室了吧？」
「參觀了一圈，當然有看到啊。」到底問這要幹嘛？
「是嗎，喔呵呵呵～」
老媽不知道腦內在上演什麼詭異的小劇場，就這麼得意萬分地笑起來。
「妳、妳想幹嘛？」
老媽乾脆走進房，在我床邊坐下，「結婚以後，老媽我跟老爸可以常去韓女婿家小住啊，最好是勸他換大房子，這樣我們就可以搬過去了。」
什麼？！
「妳、妳是認真的嗎？」
「韓家那麼有錢，不然出點錢讓我們另外租房子也可以啊，讓岳父岳母住在危樓裡，也未免太說不過去了吧。再說了，韓家爺爺手上說不定根本就有很多土地房產，讓我們住一間也無妨嘛。」
雖然，韓家是很有錢沒錯；雖然，韓銳勳也確實準備了一間房子要給老爸老媽沒錯，但聽到老媽把這些視為理所當然，我還是忍不住火大。

韓家有錢是韓家的事，人家幾代人辛苦打拚（？）來的財富為什麼平白無故要分給我們？是欠了我們的嗎？

還有，老媽妳啊，做這種打算，妳不覺得很像在賣女兒嗎？

好在我從來沒跟老媽提過韓銳勳已經準備好房子的事，不然我八成晚上就被老媽敲昏包一包丟到韓銳勳床上了吧？！

□

——明芝我數學練習本沒寫完，妳寫完了沒？

——嗯，剛寫完。

——明天可以借我嗎？

——好啊。可是正確度不保證喔。

——OK的啦～對了，我跟妳說，今天我跟我哥聊天，他有問到妳耶。

——問到我？

——嗯嗯，問說妳怎麼好久沒來我家玩了。
——是喔。高三生耶，哪有空一直玩，這樣說就好啦。
——也是厚。
看著LINE上我跟靖萱的對話，忽然間靖南哥的身影又出現在腦海中。
靖南哥比我跟靖萱大五歲，我們還是小高一時，他已經念大二了。靖南哥就像是少女漫畫裡走出來的陽光正派男主角，笑容燦爛但夾著幾分憂鬱（聽說以前不會），濃眉大眼，小麥色的皮膚和可愛的尖下巴、濃密好看的黑髮讓他無論在哪都十分醒目搶眼。
第一次見到靖南哥是在一個秋天的下午。
我和靖萱都還是高一新鮮人，那天忘了什麼原因很早就放學，於是我們從漫畫店抱了一整套「聽說在二、三十年前很有名」的少女漫畫《凡爾賽玫瑰》到靖萱家看。靖萱家離學校很近，走路只要十分鐘，是一棟高雅的白色大廈。
那天下午，秋風把燥熱帶走，陽光溫和，靖萱家的巷子裡不知哪戶人家種著飄香的桂花，空氣裡有著淡雅美好的氣息。
快到靖萱家門時，靖萱朝著一束高挑的人影打招呼。

——哥！你怎麼會在這個時候回家？

——免疫學課本放在家裡，就回來拿書囉。妳同學？

——給你介紹，夏明芝。明芝，這我哥，怎樣，帥吧！

——呵，妳好，我叫曾靖南，南風的南。

——你、你好，我是夏明芝，夏天的夏，明亮的明，靈芝的芝。

——很高興認識妳。

那是我第一次見到靖南哥。

之後陸續又去了靖萱家幾次，每次都是一邊喝著冰涼的麥茶，一邊看著「聽說在二、三十年前很有名」的各式各樣少女漫畫，像是《雙星奇緣》、《尼羅河女兒》、《夢幻天女》什麼的（靖萱很愛古老少女漫畫，看著看著我也習慣了）。

後來，某天，漫畫看得太晚，要回家時下起大雨，那天正好沒課的靖南哥主動提議由他陪我走到捷運站。

現在想來他應該只是純粹不想讓妹妹在大雨中來回奔波，又覺得讓我自己一個人回去也不太好，基於大哥哥的立場才決定送我一程；但那時完全沉浸在各式各樣少女漫畫情節裡的我，像個小白痴似的，就這麼喜歡上了在大雨中跟我一起撐著傘的靖南哥。

很蠢吧。

這時應該要學漫畫人物聳聳肩，說一句啊這就是青春才對。

但此刻的我沒這麼做，只是往枕頭靠躺，心裡有點難以形容的，淡淡的微酸。

其實說穿了，也不過就是有始無終的小暗戀，每個女孩子總是會經歷過的，但不知道為什麼（可能跟我目前的處境有關），最近一想到什麼初戀、暗戀等等各式各樣的戀愛話題，我就覺得有點傷感。

十七歲耶。

正是談戀愛的時候（大誤），為什麼我有的不是男朋友而是結婚對象？

為什麼？！

而且要是結了婚，再怎麼樣也得花個一年半載等韓銳勳拿到股份才能分手，這段期間萬一出現了我的真命天子，那該怎麼辦才好？

絕、對，會被直接打槍吧。

——抱歉，我對人妻沒興趣！

可惡，光是用想的就覺得好悲哀。

不行，什麼正式戀愛都沒談過就結婚，我才不要！

雖然這陣子其實已經被韓銳動的金錢攻勢動搖，可是我不能就這樣向現實屈服！

一想到這裡，我馬上坐直身體打開手機，傳LINE給韓銳動。

——對不起，雖然你提出的條件都很棒，而且你也是超完美的結婚對象，可是我還是沒辦法！

——為什麼？

這人竟然瞬間回覆了，好可怕。

我咬牙回傳。

——因為，我還沒談過戀愛。

十分鐘過去了。

已讀不回。

明明人就在手機旁，秒讀但不回。

如今，我終於明白以前常看到在網路或者朋友之間談論的「令人痛恨的已讀不回」是怎麼一回事了。

好吧。事到如今也不是我能控制的。

雖然這段時間我好幾次都想說咬牙結婚算了，讓家裡負擔輕一點，而且又有機會去日本念書，怎麼想都是很划算超值（大誤）的計畫，但是再怎麼說人生還是自己的，就這樣放棄我的花樣年華（？），實在太奇怪了。

我不要。

再次盯著手機螢幕好一會兒，韓銳勳看來是沒有回覆的打算。

我在心裡對他說了句抱歉，但卻一點都不覺得可惜。

看來，還是苦日子比較適合我吧。

□

到了早上，韓銳勳還是沒有回覆我。

不知為何有點煩躁。

可能是因為認定這傢伙沒那麼容易放棄，會想辦法說服我，但預想卻遲遲沒有發生的緣故；也可能是因為想快點談完，了了這樁心事，不想懸而未決，總之，一直沒聽到韓銳勳的答覆，讓我有些坐立難安。

到學校之後也一樣，三不五時就拿出手機看看韓銳勳回訊了沒，結果什麼都沒有，手機安靜得我差點懷疑是不是根本網路沒有訊號還是怎麼了。

好吧。

午休時我下定決心——如果到了明天韓銳勳還在裝死的話，那我只好再去事務所一次，直接堵人，好進行我的「婚姻諮詢」了。

就這樣做個了結吧。我想。

結果在下午放學前，教官跑來班上找我，要我收收東西先走。

「我嗎？」

教官點點頭，「妳家人來接妳，已經幫妳請好假了。」

我家人——

我家也不過三個人，老爸、老媽和我，如果是父母來，教官應該會直說「妳父母來接妳」，但「家人」這種模稜兩可的說法，相當微妙。我一面聽話地收拾書包，一面有種不好的預感——所謂的家人，不會是韓銳動那傢伙假冒的吧？

「你、你怎麼跑來了？」

韓銳動以相當有禮貌的表情說道：「伯母請我來接妳。」

那表情應該是裝給教官和校警看的吧。

「……」

上次也是假借「伯母」之名，這次八成也一樣吧。

不過算了，反正本來就需要好好談判，細節就暫不深究。

「有什麼問題嗎？」教官以擔心學生安危的表情嚴謹地注視著我。

「沒什麼。」

我向教官道了再見，證明我真的認識韓銳動、他並不是無聊怪叔叔後，跟在他身後走出校門。

天氣非常好。

清爽的風，明亮的蔚藍天空，恰到好處的陽光，校門口成排的棕櫚樹昂首往天際探去，偶爾有幾聲可愛的鳥鳴傳來……

嗯，真是個適合解除婚約（誤）的好日子啊。

□

「今天早上要開庭，我昨天忙著準備工作，不好意思。」韓銳動看起來無喜無怒，神色淡然。

「沒關係，我知道你很忙。」

不過已讀不回真的很討厭，你就不能傳個「我在忙明天說」之類的嗎？又不用幾秒鐘。唉算了，馬上就要變成陌生人，我追究這個根本沒意義。

韓銳動搖頭，「無論如何還是應該要回覆一聲的。這件事是我失禮，請妳原諒。」

「……這麼有禮貌，很可怕。」

他扯了下嘴角，「那個什麼亮亮魚的小說我都看完了。」

「呃。」這話題也太超展開了。「我只看完《從師生開始》和《公主不戀愛》，《初戀》什麼的那本已經看過偶像劇，就沒急著看小說。」

「妳大概會覺得，這時突然談到小說很奇怪，」韓銳動拿起面前的曼特寧，淺嚐一口。

「是很奇怪沒錯。」所謂的迂迴戰術嗎？

「我必須承認，看了那些小說之後，有點想去出版社放火的衝動。」

「啊？」我可沒逼你看喔。

「妳想要的，就是小說裡的那種愛情？」韓銳動以相當正經的神情提問，「那是妳的期待，是嗎？」

這要我怎麼回答。

我也知道那是小說啊大叔。

「……我並沒有特別想要哪種愛情。」

「是嗎，我以為妳期待像是小說般高潮迭起的初戀。」

「一般平平淡淡的就可以了。」一面回答一面覺得傷感。

「這樣說好了，妳拒絕婚事的理由是因為妳還沒談過戀愛，沒錯吧。」

「沒錯。」

「換句話說，如果結婚提議是在妳已經戀愛過又已分手的情況下，就OK了？」

雖然不是很絕對，但我點點頭，「我想應該是。」

「應該？」他靜靜地看著我。

我解釋道：「我對於你提出的條件並沒有不滿，對你本人也沒有什麼負面評價，我也充分了解如果能配合你的要求結婚，在現實上可以獲得多大的好處，還可以讓我的父母輕鬆很多，但是……」

「但是？」

「我沒辦法對自己交代，」我說道，「要說我看不清現實也好，說我幼稚固執也無所謂，甚至說我不可理喻也沒關係，總之，我不想這麼做。我就是認定，人總是要談了戀愛才會理解婚姻。」

「──即使這婚姻是場不必投入感情的合作案也一樣？」

「對。好吧我自己都覺得這堅持有點怪異，邏輯上也很可能不太正確，但我就是這麼想。畢竟，戀愛就是男生和女生彼此學習了解對方的過程，沒有這個過程直接跳到結婚，真的好奇怪。」

韓銳勳雙手抱胸，看著我，「說實話我覺得妳的想法很詭異。如果妳要堅持的是，因為不愛我而不能結婚，我比較可以理解。因為沒有談過戀愛而不能結婚，這實在是教人啼笑皆非。」

「我是真的這麼覺得。那個算是，我人生中某種階段性任務吧，這階段的主要任務都沒達成，當然不能越級跳到下個階段……」

「那我問妳，如果到了三十歲還沒談過戀愛，而我在那時找妳結婚，妳會答應嗎？」

我想了想，搖頭，「應該還是不會。」

韓銳勳苦笑，無奈地搖頭，「妳真的是很平均值以外的女孩子。」

「對不起，讓你白花了那麼多的時間精力，還有金錢。」

韓銳勳沒答話，靜靜地望著我。

那眼神沒有攻擊性，反倒是充滿了評估與好奇。

可能沒預想到我竟然有著這種非常莫名其妙的無謂堅持，也是啦，人性如果好懂那就不叫人性了，也不會有心理學這門學科了吧（這話大概會氣死佛洛伊德）。

韓銳動還是維持著同個姿勢，一動不動，沉靜地望著我。大叔你眼睛不會累嗎？如果這時有膽這樣問，他應該會想揍我吧。

我拿起面前的熱可可嚐了一口，這時咖啡店裡的虎斑店貓突然路過腳邊，抬起小臉非常輕微地喵了一聲。我伸出手指輕輕碰了一下貓咪的額頭，牠瞇起眼，幾秒後露出滿意的表情，搖晃著尾巴走向別桌。

「果然咖啡店就是要有貓。」我忍不住小聲說。

韓銳動姿勢沒變，但突然笑了，微微地，似乎沒為了我阻擋了他的「錢途」而惱火。從各方面來看，韓銳動都是個很奇妙的人，此刻的我不知為何，突然為了他無法早點繼承股份而有些歉疚。

「那個……」

「嗯？」

我的手在桌下輕輕握拳，「真的很抱歉。」

「別這麼說。」韓銳動理解地斂下眼，「沒必要抱歉。」

「我知道你很想要 Y&K 的股份，我破壞了你的計畫。」

他聳聳肩，忽然故作邪惡，「也許我可以考慮派人在我爺爺的咖啡裡下毒，這樣說不定比送房子給你們家更快更省錢。」

「你一開始就該直接考慮這個做法了。」我也順勢開個玩笑。

「明芝同學，」韓銳勳忽然又正經起來，「我想問個問題。」

我點點頭，「你說吧。」

「希望妳坦白回答──妳討厭我嗎？」

「不討厭。」這我很確定，想都不用想。

「我身上，有沒有什麼特質是妳無法接受的？」

我想了想，「其實我對你還沒有了解到足以做出全面判斷的程度。」

韓銳勳顯然相當滿意我的答案，他十分同意地點點頭，說道：「謝謝妳的回答。我已經充分了解妳的想法了。」

「啊對了，手機和門號──」

「過兩天再說。」

「過兩天？」

韓銳勳淡淡地說道：「妳已經說明妳的立場，做出決定了，至於我的話——讓我考慮一兩天，再告訴妳結論，行嗎？」

「可是……」我都說不要結婚了，這不就是結論了嗎？但我沒爭辯，把話吞回，順從地點了點頭，「嗯，那你再跟我聯絡。」

□

——這是哥訂的書，Dasie 弄錯了，拿到我的辦公室。

——謝謝，你叫助理拿來就好。

——我沒注意到收件人是你，已經拆封了。

——無所謂。

——那些，是愛情小說對吧？

——不然看起來像《安娜．卡列尼娜》或者《鹿鼎記》嗎？

——這些書……為了那個眼鏡ㄚ頭買的？

——想看可以借你。

——哥你不覺得這一切很瘋狂嗎？

——我到現在還容許你對這樁婚事發表意見，這才叫瘋狂。

——拜託，哥，別鬧了。

——韓銳揚，這件事到底跟你有什麼關係？如果你看不順眼，婚禮可以不必來參加，我不會勉強你的。

——我不想看到有人因為你的私心無辜受害。

——跟我結婚是受害，這評價真是失禮。

——跟任何自己不喜歡的人結婚都是受害。硬要結這個婚，哥也不會快樂的。

——韓律師現在是上班時間，我正在忙，你請回吧。

——哥……

——到此為止吧，別逼我在事務所上班時還得鎖門。

□

坐在 CappuLungo 裡瑋欣睜著比平常大兩倍的眼睛拚命盯著負責煮咖啡的

臉色難看店長，我跟靖萱都知道，這裡的店長是瑋欣的夢中情人。說實話，CappuLungo 的店長雖然俊俏，但看起來已經大學畢業當完兵好一陣子了，我實在不懂瑋欣為什麼可以完全無視年齡差，一直想對他下手。

「欸欸，問妳喔。」我看向瑋欣，「CappuLungo 的店長幾歲啊？」

「妳是說我們王子殿下嗎？大概二十六、七吧。」

「那比我們整整大十歲耶，妳都不會覺得很詭異嗎？」

瑋欣不甚理解，「覺得很詭異？為什麼要覺得很詭異？」

「就是，跟大十歲的男生交往這件事。」

靖萱搶著說道：「瑋欣又沒有真的要跟 CappuLungo 的店長交往，只是她暗戀人家而已嘛。」

「可是我很好奇啊，喜歡一個大十歲的人，不會覺得哪裡怪怪的嗎？」唉還是我先回去問我老媽好了……

瑋欣托著腮，「不會啊，不覺得比自己年齡大一截的男生比較會照顧人嗎？而且戀愛經驗多，比較懂得體貼女生吧。另一方面，年紀比自己大一點，懂的事就多，而且也覺得比較能依靠；再說了，還可以撒嬌呢。」

「瑋欣說得對，看看學校裡那些臭男生，大部分都很幼稚吧？除了打怪打球打屁到底還會什麼……」真是充滿歧視的評論。

「原來還有這麼多考量。」

老實說我想都沒想過。不過話說回來，韓銳勳確實是滿體貼的、好像還算可以依靠——

奇怪，我想到他幹嘛？！

「明芝妳別光說瑋欣，我哥不也大妳五歲嗎？也算不小的年齡差吧。」靖萱冷不防開槍。

「曾靖萱妳——」完全呆在當場的我，只能把眼睛有多大瞪多大。

瑋欣連忙用手肘推推靖萱，「欸這是什麼意思，為啥明芝跟妳哥有關啊？我不懂耶。」

說時遲那時快，靖萱這個臭丫頭竟然早我一步伸手阻擋，害我沒辦法捂住她的嘴，曾靖萱我恨妳！

「就明芝暗戀我哥啊。」靖萱一邊抵抗我一邊笑道，「高一的時候啦，不知道現在還是不是。」

「什麼？！」瑋欣叫道，「我一直以為明芝對男生一點興趣都沒有耶！而且，為什麼是靖萱的哥哥啊？長得帥嗎？」

「沒有這回事啦……」糟了否認得很無力。

靖萱推開我，拿出手機湊向瑋欣，「給妳看我哥的照片，陽光美少年喔！」

「——真的滿帥的耶，笑起來超陽光的，明芝好眼光。」瑋欣笑著拍了我兩下，但我完全笑不出來，頹然倒在椅上伸手摀住臉。

真是不想活了。

瑋欣笑了一會兒，又問：「那明芝有告白嗎？」

「沒啦，她超淡定的。」

我沒好氣地說道：「我又不是瘋了。聽了那麼多靖南哥換女朋友的事還傻傻往前衝……」

「妳哥是花花公子喔？也是啦，這麼可口，應該身邊女生很多。」瑋欣轉頭看我，說道：「明芝的判斷很正確，不要越級打怪，這種等級的男生我們沒辦法，只有被耍的份。」

「欸陳瑋欣，請不要把我哥講得那麼可怕好嗎？」靖萱瞪起眼，「我哥只是『多情』了點。」

「這一點都不重要，重要的是，暗戀什麼的已經是往事了好嗎？！」再度把臉埋進手中，我真是沒臉見人了。

「啊！」這時瑋欣忽然大叫一聲，「你好啊大叔！」

「真巧。」這聲音——

我連忙放下手抬起頭，沒想到韓銳勳就站在我們正前方。

今天韓銳勳並沒有穿著正式的西裝，只是極簡的淺灰色丹寧襯衫、深色窄管褲和樸素皮帶，手腕上繫著皮繩。換下律師穿著的他看起來就像個時裝模特兒，頓時覺得這裝扮更能突顯他那偏歐洲系的氣質，而帥氣則是一分未減。

「你、你怎麼會在這裡？」我驚訝地問道，「而且還穿成這樣？」

韓銳勳似笑非笑地勾了勾嘴角，「我今天休假，來找朋友。這裡的店長是我大學社團的同學，也是我的客戶。」

「也太巧了！」瑋欣興奮叫道，「大叔認識這裡的店長，真的嗎？！」

韓銳勳點點頭，忽地揚起明朗的笑，「認識。我有這個榮幸請三位小姐喝杯咖啡嗎？」

靖萱反應超快，「咖啡我們都點啦，大叔不如請我們吃甜點吧！」

「好啊，沒問題，要吃什麼自己選吧，吃多少都OK喔。」韓銳勳一整個超親切，現在流行假扮鄰家大哥哥是吧？

「耶，謝謝大叔！」

就這樣，瑋欣和靖萱把我難看的臉色視若無睹，蹦蹦跳跳地跟著韓銳勳走向放著甜點的玻璃櫃，我坐在原位，看著韓銳勳和臭臉帥氣店長打招呼，看來兩人真的認識。

——好吧不得不承認，臭臉帥氣店長跟韓銳勳站在一起真是賞心悅目，如果這兩個人是一對，不知道會多精采（誤）。

「欸明芝，妳怎麼不來看？甜點很多種耶！」靖萱轉頭對著我呼喚。

「我都可以，妳幫我選吧。」

一點食慾都沒有。嘖。

這麼尷尬的狀況下最好我是有心情吃甜點啦。

唉可是平常要省吃儉用才能來一次CappuLungo，而且為了省錢從來就沒點過甜點或蛋糕，這次應該要把握有人請客的機會才對嘛。

不行，夏明芝啊夏明芝，這個時候還想著甜點蛋糕什麼的也未免太沒用了吧。

還沒來得及掙扎完，韓銳動就端著一大盤的甜點蛋糕走過來，他身後的瑋欣和靖萱像似兔子般跳啊跳，一臉興奮期待。

等、等一下，這不對吧？為什麼韓銳動不是放下托盤就走，反而順勢拉開椅子坐了下來？你坐下幹嘛？你不是要找店長嗎？這裡沒有臭臉店長啊！

「多虧了大叔，店長特別招待本日限定的蜂蜜胡桃派喔！」瑋欣一臉崇拜地說道，「大叔很厲害的樣子，是少數能跟我們王子殿下有說有笑的人耶。」

「他的綽號是『王子殿下』嗎？」韓銳動淡淡一笑，隨即看向我，「幫妳點了白巧克力草莓塔，沒問題吧？」

嗚嗚層層堆疊的草莓加上卡士達醬，中間夾著香脆可口的餅乾，再從頂部淋下香濃的白巧克力，這是想逼死誰啊？！完全被食慾擊垮的我，只好低著頭接下超可愛的草莓塔。

「……謝謝。」好了我已經收到甜點，off you go。

「大家快吃吧，不要客氣。」

韓銳勳這時一點都看不出什麼律師威嚴還是殺氣，就這表情應該可以騙到不少喜歡暖男系帥哥的女生吧。

「你、你不是要找那個店長嗎？你快去忙吧……」意思就是別坐在這兒了大叔！

韓銳勳朝我一笑，非常高深莫測，「我有的是時間，不急——還是，我在這裡會打擾到大家呢？」

「不會、當然不會！」現在才發現瑋欣根本是大叔控，一整個熱情如火。

靖萱一邊吃著蜂蜜肉桂蘋果派一邊說道：「大叔你人這麼好，我們不會排擠你的。」

「是嗎？那就好。」這句，韓銳勳是看著我說的——完全有恃無恐！

哼哼心機男！

不過算了，人家可是大律師，沒一點心機哪能在法律界生存，我還是看開點吧。

事已至此，我不如祈禱臭臉帥氣店長剛好有事把韓銳勳叫走還比較實在。

「……對了，剛剛妳們在聊什麼？好像很開心的樣子。」韓銳勳端起咖啡但沒喝，反而忽然放箭。

「在講明芝暗戀靖萱哥哥的事啊。」結果瑋欣還直接伸手接了箭！陳瑋欣，妳——

「才、才沒有！」我否認得很無力，之所以無力因為根本還處於驚嚇狀態中。我連忙說道：「沒這回事，別聽瑋欣亂講。」

韓銳勳意味深長地望著我，「別緊張，我不會跟伯母講的。」

「這不是重點，重點是並沒有啦。」我忍不住叫道，「沒這回事。」

「明芝是害羞啦，」靖萱很理解體諒似地伸手拍了我兩下，對韓銳勳說道：「要看嗎？我哥的照片。」

「可以嗎？」韓銳勳以異常溫柔的表情望著我，「明芝應該不介意吧？」

……冷靜，這個時候我唯一能做的就是冷靜！

反正、反正韓銳勳跟我已經一點關係都沒有了，就算看了也不能怎麼樣。

但是說歸說，怎麼老是覺得尷尬萬分？超丟臉的。

韓銳勳接過靖萱的手機，滑了兩三張照片後笑了笑，很親切地說道，「妳哥哥確實是帥哥呢，笑起來很好看。沒想到我們明芝喜歡陽光運動型的男生啊。」

還「我們明芝」咧，誰跟你「我們」了？！

這時瑋欣盯著韓銳動，問道：「大叔，我可以發問嗎？有件事很好奇。」

韓銳動點點頭，「當然可以呀。」

「明芝說你是她們家遠親，到底是多遠的遠親啊？不好意思，這樣問應該不會失禮吧？」

陳瑋欣妳這個大笨蛋！

我連忙說道：「就是很複雜的那種遠親嘛，這有什麼好問的！」

韓銳動忽然伸手拍了拍我的肩膀，以相當令人心驚膽顫的好看笑容緩緩說道，「我想讓大家知道也OK吧，又不是什麼見不得人的關係——」

「不、不要！」我相信此刻的我已經完全臉紅，雙手亂揮著，「就親戚嘛哪有什麼好說的！」

韓銳動毫不在意我的意見，只是維持著笑容，看看瑋欣又看看靖萱，說道：「不好意思，一直都還沒好好地自我介紹——我呢，姓韓，韓銳動，是明芝的未、婚、夫。」

□

下車時我幾乎失控地用力甩上車門，完全顧不得這裡只是停車場，並不是私人空間地叫道：

「韓銳動你是故意的！故意的故意的！」

悠哉地關上車門，韓銳勳好整以暇地向我一笑，「我是啊，沒錯。」

什麼？！

「都已經要解除婚約了你這是在幹什麼？！為什麼要跟我同學說那些？！你是想讓我成為全校的笑柄嗎？！」

韓銳勳雙手抱胸，還是雲淡風輕的，「全校的笑柄？原來妳在學校裡是風雲人物啊，我都不知道呢。」

「不是這個意思啦，我是說八卦很恐怖！這保證會一傳十十傳百，被當成怪物看的——」說到這裡我都想哭了，以後上學絕對會被大家指指點點的嗚嗚。「好了這不是重點，重點是，解除婚約，我沒有要跟你結婚，上次不是說得很清楚了嗎？」

韓銳勳點點頭，「上次妳已經把妳的想法說得很清楚沒錯，但我也說了要再想想，不是嗎？」

這時一股寒意忽然襲向我，我把一大串要發飆的話瞬間吞回肚裡，看著韓銳勳似笑非笑，高深莫測的表情——

不會吧？拜託不要！

「你、你該不會……」我的聲音忽然變得十分乾扁，「該不會不同意解除婚約、無論如何都還是想結婚吧？」

「我們明芝真的好～聰明呢，呵呵。」說著，他拋出史上最燦爛、一點都不適合無良訟棍的笑容，「完全正解！」

正、正解？！

我呆呆站在原地，完全傻了。

「……你、你是開玩笑的吧？」

韓銳勳收起笑容，擺出律師慣用的談判表情，「我並不是在開玩笑。在這裡說話不方便，上樓再談。」

「你叫我上去我就上去啊？」

好吧我承認我會乖乖上樓，但總覺得太聽話很沒用，顯得我被韓銳勳吃得死死的。

「停車場這麼悶，而且難保不會有別人聽到我們的談話，這樣也沒關係嗎？」

「不上去！」

韓銳勳注視著我，語調並不嚴厲但相當具有份量，「我再問一次：妳，上不上樓？」

沒想到原來貓也會等門。

韓銳勳按開電子鎖後推門進屋，他的愛貓胖胖還是嘟嘟大人什麼的已經在門口端坐著了，韓銳勳一見到貓馬上就改頭換面變成好好先生，一把將貓抱起。

「我們嘟嘟真是可愛啊，今天也乖乖的嗎？」

對貓這麼溫柔，對我就知道用威壓的，哼。

要真跟你結婚了，我的地位恐怕比貓還不如吧。

「對了，買了一雙妳專用的拖鞋，就在那裡，穿那雙吧。」

我又不會常來，買什麼拖鞋……

雖然在心裡反抗，但還是乖乖穿上了，喔，很舒服的拖鞋，跟我們家裡那種三雙一百的完全不一樣。

我把書包往沙發上扔，以相當沒禮貌的態度坐下，沒錯，我現在可是很怒的呢！光是想到明天到學校會被靖萱和瑋欣拿來當閒聊話題，就有種想一頭撞死的衝動。再說了，這個人到底為什麼聽不懂人話？上回在咖啡店裡我不是已經好好解釋過了嗎？接下來只要好好地去跟韓家爺爺說明一下就可以了吧，為什麼事情愈來愈複雜了呢？

「喝水就可以了吧？」韓銳勳突然遞給我一瓶礦泉水，「妳的臉很紅呢。」

我接過水，瞪了他一眼，等他好好地說明。

像是要進行什麼了不起演講似的，韓銳勳清了清喉嚨，看著我，說道：「上次妳說，因為沒有談過戀愛的關係，所以無論如何都跨不到結婚這步，對吧？」

「嗯。」

奇怪你明明就有聽懂啊，那幹嘛還整我？

「我想過了，不如這樣，」韓銳勳說道，「跟我談場戀愛，怎麼樣？」

「……」半晌，我才回過神，「我知道我問過不止一次了，但是——你是在開玩笑嗎？大叔。」

「我很認真呢。」

「你真的是學法律的嗎？你都不覺得自己的邏輯怪怪的？」

「哪裡奇怪？」

天哪你到底怎麼考上執照的？

「哪裡奇怪？你問我哪裡奇怪？我才要問你哪裡不奇怪了！你說你要跟我談戀愛是吧，然後我就可以不再有懸念，同意結婚了是吧？」

「沒錯。」

我都不知道該說什麼好了，「先戀愛再結婚，那不就是真正的婚姻了嗎？！這跟所謂的交易，不一樣！而且既然是談戀愛之後結婚，到時怎麼分手啊？你真的有用腦想過嗎？」

我承認最後一句有點過分，但此時此刻這完全就是真心話啊！

韓銳勳笑了，絲毫不在意我的質問，就像立法院裡相當有備而來的政務官。

「我想我說得不夠清楚。沒關係，我說仔細一點吧——我的意思是，先戀愛，再分手，接著結婚。妳覺得怎麼樣？」

我覺得怎麼樣？

我覺得怎麼樣？

我覺得你是瘋子啦怎麼樣！

說實話，我從來就不覺得自己修養很好，或者溫柔斯文，但我也絕不會是那種天天激動萬分，喜歡潑婦罵街的個性。但是，韓銳動大律師，完、全激發出我的獸性（？）和平常幾乎都在沉睡的暴躁。瞪著韓銳動那張既好看又充滿魅力的臉，我有種想過去揮個兩拳、讓他嘴角噴血的衝動。

當然理智如我，最後還是冷靜下來，好好地用言語表達。

呼吸，再呼吸，對，冷靜……

「……真沒想到這句話我今天竟然會問這麼多次——你是在開玩笑吧？啊？什麼叫戀愛、分手、再結婚，你要我啊？你都不覺得自己在胡說八道嗎？」

「我可以理解妳乍聽之下覺得很荒謬。不過像妳這麼聰明的女孩子，其實只要靜下心來想想，就能體會我的用意了。」

「我一點都不聰明，我是笨蛋。」

而且認識韓銳勳之後我深深覺得自己的智商嚴重低落。

韓銳勳微笑著，「妳那天說的話，我真的有好好放在心上，也很尊重妳，所以才會這樣提案。不然我大可去跟伯父伯母施加壓力，強迫妳非嫁不可，也是一條捷徑啊。那麼，為什麼我沒有選擇捷徑，反而選擇一條讓人意外，還讓妳覺得很莫名其妙的路呢？其中的理由妳想過嗎？」

說真的除了你這人很怪異之外我不覺得有其他理由。

韓銳勳續道：「首先，我考慮過我的需求，我還是希望早點拿到股份，那就意味著非結婚不可，而且是跟妳。在這個前提下，我沒打算強迫妳，那就只好順妳的意，看是不是等妳找到喜歡的人、談完少女小初戀，再重新談交易——這部分可以理解？」

我不情願地點頭。

——不過對於什麼「少女小初戀」這句話實在很有意見。

「如果真的要等妳遇見喜歡的人、成功戀愛接著又分手，不知道要到何年何月，這太麻煩太浪費時間了。這麼一來，問題已經愈來愈清楚——我要如何能讓妳在最短的時間內完成少女初戀小心願之後跟我結婚呢？如果只是放著不管，說不定再過三年妳也沒對象，那也太恐怖——」

「欸什麼叫再過三年我也沒對象、還很恐怖，你現在是說我沒人氣是嗎？！」

雖然說人氣確實滿低落的……

活了十七年從來沒被告白過，唯一最接近「被告白」的一次是隔壁林阿姨家念幼稚園中班的小鬼有次在電梯裡跟我說「等我長大要當姊姊的男朋友」……

算了算了，韓銳勳說的是實話（大哭跑走）。

「我只是假設比較不好的情況而已，」韓銳勳似笑非笑地解釋道，「為了解決時間問題，也為了讓整件事不會失控，最簡單的方法那就是我親自處理，不是嗎？」

「……我是比較能理解了一點，但所謂『失控』是指？」

「說不定放著妳跟來路不明的傢伙談戀愛，最後還真的修成正果，那我不是一樣白玩了?或者哪天妳說要跟奇怪的男生奉子成婚，這樣我仍然很困擾啊。」

「喔，我懂了，要確保我跟初戀不會修成正果，分手後順利跟你結婚，讓你拿到股權，對吧?」我瞇著眼，「為了股權，你不惜『犧牲小我、出賣靈魂』跟我談戀愛，還真辛苦你了啊！」

「天下沒有白吃的午餐。」韓銳勳竟然一臉慷慨就義，大氣地聳聳肩，「我已經做好心理準備了。」

這是什麼表情?

跟我談戀愛需要一臉「從容赴死」的樣子是嗎?

光衝著你這表情我就非整整你不可！

我從沙發上斜傾過身，把臉和上半身貼近韓銳勳，挑釁地說道:「大律師，你可要想清楚——談戀愛是要接吻的喔！」

哼，我就賭你根本沒辦法！

韓銳勳注視著我，像在欣賞什麼珍稀動物似地微笑不語。

接著，我極本能地想尖叫但卻發不出聲音了。

04

呸呸呸——

可惡怎麼可以這樣！

美少女（大誤）神聖初吻就這樣毀在邪惡無良訟棍手中！

嗚嗚嗚我不依我不依啊⋯⋯

照著小鏡子赫然發現下唇還有點腫，這人幹嘛用咬的啊！

跟電視裡演的完全不一樣嗚嗚嗚⋯⋯

偶像劇裡接吻完連唇蜜都沒掉，為什麼我卻被咬到腫起來？為什麼？！

我丟下鏡子，轉身抱著枕頭，把臉埋進枕頭中。

這下該怎麼辦才好？

我以後要怎麼面對喜歡的人？

若是碰到了很喜歡的人，還交往了，難不成要告訴對方說「雖然你是我的初戀，但這卻不是我的初吻」這樣嗎？！

嗚嗚嗚嗚⋯⋯太悲慘了！

LINE 的訊息聲突然響起，是韓銳勳這個壞蛋。

——明天放學我去接妳。

——不要。

——妳有兩個選擇，一是乖乖配合，二是反抗，然後我就走進學校廣播找人。隨便妳選，我很好溝通的。

握著手機有種想摔爛它的衝動，這叫好溝通？！這根本叫「妳就認命吧」！

——你又要找我幹嘛？

——談戀愛啊。

——拜託不要一直戀愛戀愛的，是你喜歡我還是我喜歡你嗎？兩個人又不互相喜歡，談什麼鬼戀愛啊？！

這人真的是腦筋有問題，以後繼承了 Y&K 不會把 Y&K 敗光吧？

——那麼就明天見了。

誰跟你明天見啊？！

結果我還是摔手機了，不過是從手上到床上距離不到一公尺就是了。

唉，我好像陷入了很詭異的事件中，這下怎麼辦才好？

明天，那傢伙明天放學竟然又要跑來，被他害得我最近根本都沒念書可惡（事實上本來就沒在念）。明天放學……這麼一來明天瑋欣和靖萱又會嘰嘰喳喳了吧？

不對——

我猛然坐直身體，今天在貓咖啡韓銳動那個無良訟棍就已經都說出來了，明天一上學我八成就會被帶去活動中心後面拷問了吧？！嗚嗚韓銳動我恨你。

果不其然，還沒靠近校門就看見瑋欣和靖萱拎著各自的早餐好整以暇地站在樹下等我。唉，該來的躲不過。

「早啊。」瑋欣率先拋出甜笑，伸手勾起我手膀，「一起去吃早餐吧。」

靖萱不由分說也挽住我，「對啊，好久沒有三個人一起吃早餐了。」

我嘆口氣，「事已至此，我不會掙扎的。」

坐在活動中心前的階梯我感受不到任何風，或者近似於風的空氣移動。附近的樹枝葉靜止，陽光在葉尖閃耀著。

靖萱和瑋欣分享著三明治和蔥抓餅，我的早餐則是一顆看起來呆呆的飯糰，因為是自己用家裡剩飯捏的，所以連海苔都包得不怎麼漂亮，無所謂，反正現在也沒什麼食慾。

「欸妳，」瑋欣冷不防戳了我一下，「妳真的跟那個大叔——訂婚了？」

靖萱咬著奶茶的吸管猛點頭，「對啊對啊，是真的嗎？我有被嚇到耶。」

唉唉。別說妳們，我也一樣被嚇到啊。

「不是啦，就是兩家爺爺搞什麼婚約那一套，我爺爺過世後留了遺囑才知道有這麼一回事，嚇死我了。然後韓家爺爺約了兩家人見面，那時我才第一次見到那位……呃……那位大叔。」我頓了一下，「韓家爺爺的意見是說，沒想到我爺爺走得那麼突然，他也覺得人生無常，本來想等我大學畢業再來談婚事，但現在覺得還是趁早辦辦，免得他哪天還沒喝過孫媳婦孝敬的茶就駕鶴歸西了。」

「啊？孫媳婦的茶？」瑋欣的重點完全不在事件本身上。

「就是孫媳婦嫁進門時行禮敬茶的規矩嘛。」靖萱簡潔地結束這個話題，追問道，「那然後呢？第一次見面了，那大叔跟妳都欣然接受了吧？」

「當、當然沒有啊！」這樣說好像不太對，「我的意思是，我根本沒辦法理解這一切，換作是妳們，難道妳們就這樣乖乖點頭答應準備做新娘嗎？」

「是覺得很扯沒錯，可是那大叔也太帥，跟那麼帥又有氣質的人結婚，完全是中了樂透吧。」不愧是年長控的瑋欣，雙眼幾乎都要冒出愛心來了。

靖萱托著腮，「大叔呢？他怎麼說？」

「……問題就在這裡了，他覺得OK，說結這個婚對雙方都有好處。」糟了，檯面下的交易好像不可以講，但如果不解釋也很奇怪，這下該怎麼辦才好？

「欸欸欸！所以，那個超帥大叔喜歡妳囉！」

我就知道會造成這種誤會！

「並沒有好嗎！只是，如果順利結婚，他們家可以送我去日本留學什麼的，律師大叔也可以早點分到股份之類的東西。」要是說謊一定會被發現，決定輕輕帶過。

瑋欣睜大眼，「這麼好，還送妳去留學？！」

「這樣有很好嗎……喂陳瑋欣，重點不是什麼留不留學吧，重點是，我跟律師大叔根本是陌生人啊，陌生人耶，還差了十歲，要我怎麼點頭答應結婚啊？光是用想的就不知道如何是好了。」我懊喪地說，「結婚耶，又不是去他家幫傭……」

「結婚的話，意思就是要共同生活，而且——」靖萱看著我，似笑非笑，「還要——」

瑋欣問道：「還要什麼？」

靖萱一臉神秘，「那個。」

「哪個？」這次換我問了。

靖萱自己忍不住大笑起來，叫道：「洞、房、啊！」

□

結果我就這樣被兩個號稱死黨的臭丫頭恥笑了整整一天。

好在靖萱和瑋欣大概真的感受到我的苦悶和不知所措，沒把這消息爆料給其他同學，不然我非成為全校笑柄不可。

放學前我跟靖萱她們說了今天不會一起走，當然她們也馬上就猜到是律師大叔要來找我，靖萱笑鬧著說不會當電燈泡，而瑋欣這丫頭更誇張，已經強烈要求非讓她當伴娘不可了。兩位，我並沒有同意結婚好嗎？！真是被打敗了。

抓著書包背帶我默默地走出校門，如果這時空拍校門的話，一定認不出哪個是我，我就是這麼平凡不起眼，這輩子應該脫離不了「平庸」兩個字的女孩子。仔細想想除了「人生際遇」很詭異之外，似乎真的是超平凡無趣人生。

如果不答應結婚的話，應該就隨便找間大學念，然後畢業後開始上班還學貸，看看能不能還完學貸後存點錢給爸媽一起搬離可怕的海砂屋，接著就看看生活圈夠不夠大，是不是能認識還不錯的人交往結婚。如果經濟壓力太大可能也不會生小孩，似乎就是這樣了吧。

想著想著覺得還滿可怕的……

有點沮喪。

「嗨。」不知何時韓銳勳出現在我面前，揚起令人眼前一亮的笑容，「今天比較早呢。」

今天的他穿著相當合身精緻的整套西裝，非常時尚，寬闊的肩膀和挺直的背，不管穿什麼都相當賞心悅目。這麼可口的人，要跟我談戀愛，我應該感到高興才對嗎？算了吧。

而、而且——

一想到被奪走的初吻，我就既惱怒又害羞，實在沒辦法直視韓銳勳的臉。仔細想想，昨天我真的是吃了熊心豹子膽，竟敢挑釁韓銳勳，會搞得這麼淒慘根本有一半都是我自找的，超悲催。

可是……換個角度想，美少女（大誤）的初吻跟俊俏得宛如電影明星般的帥大叔發生，至少比跟滿臉青春痘然後體育服還很臭的幼稚男生來得好吧？

唉夏明芝啊夏明芝，別安慰自己了。

一點都沒有戀愛成分的初吻根本就超悲哀的吧。

「……妳沒事吧？在想什麼？」

我不敢看他，「沒、沒什麼。你車停哪？」

「今天沒開車。」韓銳勳微笑，拿出手機展示給我看。

「——『戀人一定要做的九十九件事』？這是什麼鬼啊？」

「既然要談戀愛，當然要認真點。妳跟我認識的一般女孩子不太一樣，所以我很認真地做功課呢。」

這樣有比較好嗎？

你完全搞錯重點了吧？

「那個戀人什麼的九十九件事，是兩個互相喜歡的人一起做的，你跟我並不是耶，這你比我還清楚吧。」

韓銳勳仍笑著，「我們走吧。」

語畢，他以迅雷不及掩耳的速度在眾目睽睽之下牽起我的手，然後邁開大步。

「等、等、等一下！快放手！」這裡是校門人來人往你這是幹什麼？！

「手牽手去搭捷運啊。」韓銳勳一本正經，「上面有說，戀人要一起做的事之一：『在大眾運輸工具上有禮貌地放閃』，現正執行中。」

可惡這人的手很有力甩不開，「我才不要！那個好蠢。」

而且什麼叫作『有禮貌地放閃』？聽不懂啦。

往捷運站的方向因為我還穿著制服的緣故，受到了同校同學們的注視，韓銳勳毫不在意，像是個要去校外教學般的孩子，臉上漾著笑快步前進。

「走、走慢一點……」

我知道腿長的人走路快，但這也太誇張了吧！

「喜歡散步嗎？沒問題。」韓銳動偏著頭，極深邃的眼望著我，「一起散步也是戀人必做的事項之一呢。」

我使盡力氣終於甩開他的手，停在原地瞪著他，「欸大叔，你比我大了十歲，別的不說，至少戀愛經驗比我多吧？」

「所以呢？」

「你該不會要告訴我，你之前的戀愛也都這麼按部就班照著指導做吧？」

「當然沒有。」他笑著。

「那你幹嘛要跟我做這些啊？什麼戀人要做的事，超級奇怪的。」

韓銳動雙手抱胸，「還是覺得奇怪？」

我試著好好解釋，「首先，就算我跟你真的是戀愛關係，那也不用按別人的方式戀愛；再者，我跟你並不是戀愛關係，OK？」

「好，那要怎樣才能變成戀愛關係？」

「你說呢？」

不就是我得喜歡你、你也得喜歡我，而且還得都知道彼此心意、順利交往之後才會變戀人嗎？這你也要問，大學畢業證書跟律師執照都是假的嗎？

韓銳勳理解似地說道：「還是得先追妳才行，對吧。」

「我頭好痛，今天還是先回家好了，大叔你自己去玩吧。」

莫非這就是代溝？

跟追求比起來，你不覺得「喜歡對方」才是重點？

追求只是一種手段而已，根本不是重點，拜託別鬧了大叔。

明明就是那麼聰明能幹的大律師，這種事會不明白不知道？

不對，不可能這麼白目這麼蠢才對。

本來打算轉身離開的我站在原地，打量著韓銳勳，「……不對，你又不是個笨蛋，也不是跟我同年的屁孩了，不至於這麼幼稚……其實，你是在裝瘋賣傻吧？」

韓銳勳哈地笑了出來，「我就說嘛，我們明芝非常與眾不同啊。」

「……你是在耍著我玩嗎？」我是玩具嗎可惡！

「嚴格來說這是增進我們感情的策略之一。多說話有助於增進了解，拜這些對話所賜，我充分了解到妳是一個對戀愛有潔癖的女孩了。」

「這是什麼錯誤了解？什麼叫對戀愛有潔癖？」

「意思就是妳，」韓銳勳靠近我一步，伸手抬起我的下巴，輕柔地說道：「嚮往最純粹的戀愛。」

……

……

這人，真的長得好漂亮……

過了好一會兒我才回過神，連忙拍掉他的手，雙頰通紅，跺腳，「聽不懂啦！」

什麼最純粹的戀愛，啊不然是有人喜歡夾七帶八的複雜戀愛嗎？

韓銳勳再度露出觀察小動物似的表情，淺而含蓄地微笑，笑容裡有些頑皮的意味，說道：「走吧，等等下班時間，捷運會塞爆的。」

「所以沒事幹嘛學什麼戀人守則搭什麼捷運嘛……」我瞪著他，「還有，到底要去哪裡？」

「就一起吃個晚餐，喝杯咖啡，聊聊天，增進一下彼此的了解。」韓銳勳再度不容反抗地抓起我的手，「好餓，我從起床到現在都還沒吃過東西呢。」

「呃，幹嘛不吃早餐又不吃午餐？」

已經很瘦，不必減肥了吧，說真的我都懷疑雖然身高相差二十公分但我跟韓銳勳的體重很可能根本一樣……

真是悲哀。

我是不清楚所謂「在大眾運輸工具上有禮貌地放閃」到底是怎麼一回事，不過這位大叔你有必要站這麼近嗎？

我推了推眼鏡，說道：「這節車廂又不擠，你幹嘛站這麼近？很熱。」

說時遲那時快，韓銳勳伸手攬住我的肩，「因為我們是戀人。」

「戀你個頭。」要不是怕被其他乘客拍下來上傳網路，我早就用書包K你一頓了。

韓銳勳的手相當有力，我稍微掙扎了一下，但肩頭還是被緊緊握住。

我抬頭注視著他，「你知道你這種行為在日本就叫作『電車痴漢』嗎？」

「開玩笑，我的手又沒伸進妳裙子裡。」韓銳勳雲淡風輕、毫不臉紅地答道。

「你！」結果是我臉紅。

韓銳勳勾起嘴角，帶著幾分邪氣一笑，「我倒是很好奇——妳怎麼會知道什麼叫『電車痴漢』？」

「我、我有看新聞啦。」

「喔……原來如此。」這傢伙竟然拉長語調，還一臉不相信的樣子。

你那是什麼表情，真的要逼我用書包狂毆你的頭嗎？

「真、真的是看新聞才知道的。」

「沒關係呀，就算是從別的管道知道，我也不會在意的，反正結了婚之後就是大人了嘛。」

「你、你——」

你到底知不知道這裡是捷運上？！

不，我真正想問的是，你到底有沒有羞恥心啊……

「妳吃義大利菜吧？」韓銳勳突然問。

「吃啊，上次不是在你家吃了披薩嗎？」

「那等等吃義大利菜如何?有一家我常去的，東西不敢說特別好吃，但至少座位舒服，怎麼樣？」

「都可以。」又不是我出錢，有人請客我不挑的。

「妳平常喜歡吃什麼？」

「問這幹嘛？」

韓銳勳換上正派笑容，「增進了解。而且，這也不是什麼難以回答，或者觸碰隱私的問題。」

也是啦，說說喜歡吃的食物是沒什麼大不了的。

我想了想，「我不太挑食，不過不常吃要剝皮剝殼的食物，很麻煩。至於喜歡吃的東西嘛……啊，上次跟同學去港式茶餐廳，吃了一道叫作『免治牛肉飯』的燴飯，那個很好吃。」說到這裡，我故意問道：「欸大叔，你知道『免治』是什麼意思嗎？」

韓銳勳眨了下眼，「考驗我嗎？」

「是呀，答對好感度會加分喔。」反正你是不可能知道的，啦啦啦～

「那我非爭取不可了——」韓銳勳笑道，不假思索地答道：「『免治』

是英文的mince，切碎的意思，免治牛肉，也就是碎牛肉。好了不要太訝異，連這點常識都沒有，怎麼當『大叔』呢，妳說是吧？」

我瞬間呆住。

我可是上網查了才知道，因為連茶餐廳裡的服務生（台灣人）也不知道「免治」是什麼意思，沒想到韓銳動竟然想都沒想就答得出來。

好吧果然是有常識的大叔，加個0.0001分好了。

本姑娘可是信守承諾的呢，呵呵。

「還有什麼想考的嗎？大叔我雖不算上通天文下知地理，不過常識和學識多少還是有一點的。」說著，他竟露出少見的得意笑容。

可惡！

這笑容也未免太驕傲了，我一定要問倒你！

「『大塊假我以文章』上一句！」

「『陽春召我以煙景』，李白，〈春夜宴從弟桃花園序〉。」

什麼？！我都忘了是誰寫的你竟然記得？！

「『書到用時方恨少』。」

「『事非經過不知難』，陸游，〈治學聯〉。」

「高加索山地三國是哪三國？」哼我決定改考地理。

「喬治亞、亞美尼亞和亞塞拜然。」韓銳勳微笑，「下一題。」

「在滑鐵盧打敗拿破崙的人是——」

「阿瑟．韋爾斯利，也就是威靈頓公爵。其實協同作戰的還有普魯士元帥格布哈德．列博萊希特．馮．布呂歇爾。」

好我已經充分理解你果然是有能力考上律師的，也背得太熟了吧……算了我放棄課本了，反正我自己功課也沒多好。

改問別的，漫威什麼的你總不會了吧?!

「那、那——在原本漫威的漫畫裡，緋紅女巫的老公是誰？」

韓銳勳哈哈大笑，「復仇者系列的幻視。妳喜歡幻視？」

「還好啦，聲音不錯聽，保羅．貝特尼滿有型的……這不是重點啦。」

「呵。」

想了想，決定直接跳到高一時和靖萱一起看的，那些「聽說二、三十年前很流行的少女漫畫」。

我認真地看著他，說道：「欸再問一題，如果這題也答對，那我就好好考慮戀愛和結婚的事！」

韓銳勳目光一閃，「請發問。」

「奧斯卡・法蘭索瓦・德・傑爾吉……」我注視著韓銳勳，問道：「生日是幾月幾號？」

一般人保證會先問——

那是誰呀？！

說真的那是我唯一一個記住全名的少女漫畫人物，

我敢保證韓銳勳絕不會知道，如果連這都能答對，我、我也就認了！

就在我萬分安心之時，韓銳勳想了想，答道：「魔羯座，十二月二十五日。」

我知道我的眼鏡都已經滑到鼻頭了，但此時此刻的我實在完全驚呆，連推眼鏡的動作都只能停在半空中。

「你、你、你竟然知道我在講誰？！」

「《凡爾賽玫瑰》的女主角啊，聽說當年在台灣的第一版書名叫《玉女英豪》，對吧？」韓銳勳看著我，「雖然是少女畫風，但對我來說是歷史漫畫，對法國大革命的了解就是靠那套，又怎麼會不知道？」

我忽然覺得頭好昏。

連這麼古老又冷門的漫畫都知道，難道真的是命中註定？

何況，我問的不是奧斯卡的星座，畢竟星座用猜的也有十二分之一的機率，我問的可是出生日期耶，竟然能答對，也太強大了。

「……輸了，完全輸了……」我喃喃道，「太厲害了。」

韓銳勳淺笑，「其實，是運氣的關係，並不是我特別厲害。如果妳今天問的是《尼羅河女兒》，我就完全答不出來了。」

「什麼？！可惡那部我也看過啊，早知道就問那部的劇情了。」

「至於奧斯卡的生日……因為剛好跟我同一天，所以印象特別深刻，她也是我唯一記得住生日的漫畫人物了。」韓銳勳聳聳肩，「真的是運氣，對吧？」

與其說是運氣，現在我更覺得是宿命了。

那麼多漫畫哪部不好挑，竟然好死不死挑中了《凡爾賽玫瑰》？

什麼問題不好問，竟然問到了一個剛好跟韓銳勳同月同日生的角色？

這未免也太巧了吧，我忍不住看看右手小指——該不會已經被綁上隱形紅線？！

□

從那天開始，韓銳動大概一週會來找我兩三次，就這樣過了好一陣子。通常都是放學後帶我去吃頓飯或者送我去補習，一邊吃飯一邊「進行調查」——他非常認真地在盤問我各式各樣大大小小的生活習慣、觀念和想法，有時我覺得他理智得難以置信，有時又覺得他非常難以捉摸。

有時覺得他的笑容裡隱含著許多複雜的情感，有時又覺得他大笑時很天真無邪。有時聽見他和同事在電話裡溝通案情時覺得他幹練沉著，有時又覺得他其實很孩子氣。

但有一點他倒是始終如一。

那就是眼神裡透著一股寂寂冬日潔白雪地般的沉靜，彷彿這世上沒有任何事能撼動得了他。事實上那種眼神其實和他的年齡並不相襯，應該屬於歷盡滄桑的人才對。

不得不承認，那種彷彿看盡世間一切目光很與眾不同。該怎麼說呢，有種特殊的吸引力，會讓人想探究、想了解，在這個人的靈魂深處，到底有著怎樣的故事；或者，是怎樣的經歷，讓他呈現出如此不同於其他人的寂靜目光。

另一方面，韓銳勳也逐漸成為某種日常。

在恰好的時機遞來一瓶水，在恰好的時機說了個笑話，在恰好的時機替我遮了陽，在恰好的時機替我撐了傘……不知道是不是因為從來沒受過這樣的照顧，讓我有一種微妙的心情。說不上是絕對的好，但總覺得韓銳勳是如此精準地嵌合在我的需要之中，不過度，不過少，他給出的一切總是那麼恰到好處，停在讓人覺得最沒有負擔的邊界上。

瑋欣和靖萱一直追問我和韓銳勳「約會約得怎麼樣」，但我卻答不出個所以然。其實我也不太明白現在是什麼情況，既然我已經下定決心不結婚了，那麼這樣繼續見面並不好，但韓銳勳是個固執的人，他正以自己的方式往他想要的方向前進；而我，其實有那麼一點點喜歡他在身邊的感覺，因此搖擺不定，不知該如何是好。

這天放學韓銳勳沒約我，瑋欣請假在家沒上學，靖萱跟別人有約，於是我一個人以極慢的速度往捷運站前進，要到台北車站補習。

站在捷運月台耳邊竄著進站和安全提醒的廣播，不知為何情緒有點低落。

理論上應該要忙著擔心前途和大學著落的我，其實最近根本沒在想那些，反而是跟韓家的婚約成為了我生活的重心。

跟韓銳勳走近一些也才這陣子的事，但我卻已經意識到自己開始有些微細的改變。人都會改變，因此我不覺得改變可怕；但在這麼短的時間內改變，這才讓我覺得焦慮。

好像有一點點覺得他這個人不錯。

好像有一點點覺得，也許他的提議並非全無道理。

月台上的風帶著一股令人不悅的潮濕感，看著周圍三三兩兩的同校同學，有種自己和他們相當格格不入的感覺。

遠處的天空被建築物遮了大半，每次一個人靜靜等捷運時我總是在想，在地面上行進的捷運總是比地下的好。不管是雨天還是晴天，總是能透過窗戶看看這城市的樣貌——

「不好意思，妳，是夏明芝吧？」背後忽然有一股陌生的聲音傳來。

我微微一驚，轉身，眼前人似曾相識，我想了幾秒，「啊，你好。」

韓銳揚笑了，今天的他一身正式西裝，還提著硬挺的公事包，很有專業人士的氣派。

「妳好，真巧。」

「是啊，你怎麼會在這裡？」

「剛剛陪客戶去了一趟士林地方法院，後來在這附近吃飯，現在要回事務所。」

「啊對，你也是律師。」

「我們家一家三代都是律師，我爺爺、我父母、我哥和我，全都是。」

我點點頭，「嗯，他說過，聽到時覺得很不可思議呢。」

韓銳揚以相當意外的表情問道：「他說過？你們常見面嗎？」

「一個星期兩三次左右——這樣算經常嗎？」

每個人對「經常」的定義都不太一樣。

韓銳揚靜靜地看著我，「滿出乎意料的答案。」

「什麼意思？」

「一般人都不會把兩家長輩任性訂下的約定當一回事。當然，我哥本來就是個怪咖，只是沒想到妳也很特別。一般高中女生應該完全不打算理會這些才對。」

我聳聳肩，「我是沒打算照辦。」

「這麼說來，應該是我哥在糾纏妳。」

「用『糾纏』這種說法有點小誇張。」

韓銳揚哈哈笑著。

雖然是兄弟，但氣質非常不同，在韓銳勳身上看見的沉靜穩重在韓銳揚身上完全不見痕跡，取代的是一種放肆的氣息。

「……我還滿好奇的，既然妳不打算跟我哥結婚，那為什麼還理他呢？」

「這是個好問題，我自己也在思考。」我坦白地說，「不過，沒想到你對這件事還挺關心的。」

韓銳揚忽然停下笑，注視著我，「妳說話的樣子一點都不像個高中女生。是因為這樣，所以我哥才對妳那麼另眼相看嗎？」

不，其實在你哥面前我超幼稚。

只是不知道為什麼，對你說話好像就不會。

但我並沒直說，而是注視著捷運列車閃著燈進站。

「對了。」上車之後韓銳揚忽然說，「我哥買了好多愛情小說。」

「呃。」我可沒逼他。

「看來應該很認真在做功課。」他輕喟一句，「但我跟他說我反對。」

我不禁看向韓銳揚，「反對？」

韓銳揚正好也望著我，淡淡地說道：「我覺得這婚約太可笑了。」

我聳聳肩，老實說我也這麼想。

但奇妙的是，久而久之，它變得不再那麼「莫名其妙」和「可笑」。

只能說人的習慣性真的很可怕；所謂的「習以為常」竟然可以如此快速地沖淡起初的衝擊和不可思議，我自己都覺得非常神奇。

……

「我還以為你也舉雙手贊成。」第一次見面時明明就異常熱情地打招呼

韓銳揚笑著，「我並不是因為不喜歡妳所以反對喔，說真的妳還滿可愛

的。」

「呃，謝謝。」不自覺地推了推眼鏡。

這輩子第一次被人說可愛——

不，應該說，幼兒時期結束後的第一次。

「這麼可愛的女孩子，不要做會讓自己後悔的事。」他有些語重心長。

「跟你哥結婚會後悔？」

「我得先聲明，我並沒有問過他的打算，但是，」韓銳揚似乎考慮了一會兒才說道：「我想，他拿到股份後就會提分手吧……」

「那不是很好嗎？」他得到了他想要的，我也會得到我想要的。

「怎麼會很好？妳就這樣被甩掉也沒關係嗎？」韓銳揚仍望著我，幾秒後像是想通什麼似地說道：「難道，他一開始就說了？而且還提出了什麼交換條件？」

這家兄弟果然都不是笨蛋。

不過，看樣子韓銳勳似乎並沒讓其他人知道交易的事。

於是我找了個比較含糊的方式帶過，「至少他可以負擔高額贍養費吧。」

韓銳揚搖頭，苦笑，「我覺得，妳跟我哥真的好像。」

「我也是前陣子才知道，我跟他同個星座。」

韓銳揚有些驚訝，「都是魔羯座？！」

我點點頭。

「老實說我覺得魔羯是十二星座裡最難懂的。」

「哪裡難懂？」

韓銳揚想了想，「魔羯座的共通點就是會有個主要目標，而他們的原則會以能達到那個目標為主。」

「你都分析得這麼清楚了，這怎麼會難懂？」

他苦笑，「問題是，每個魔羯的目標都不同，所以他們的原則也會完全不同。簡單來說就是無法以經驗法則處理的類型。」

我笑了笑，「感覺魔羯座讓你吃了不少苦頭。」

「我最怕的就是魔羯座客戶，他們總是守護著一些無關緊要的秘密。」韓銳揚聳聳肩，「我沒有批評的意味，只是搞不懂他們到底在想什麼。」

「沒關係，反正魔羯的人常常也不知道自己到底在想什麼。」至少我就是這樣。

「言歸正傳。」

「嗯？」

韓銳揚停了幾拍，才問道：「妳都不擔心，萬一以後我哥拿到股份要分手時，妳已經對他有感情，那該怎麼辦？」

「這又是個好問題。」我用空著的手指敲了敲下頦，「我好像有想過，不過並沒有得到答案或結論。」

韓銳揚意味深長地點頭，「我覺得妳要把各種狀況都考慮進去比較好。」

「我會的。」

「不過……」韓銳揚欲言又止。

「不過什麼？」

「我好像稍微可以理解我哥關於妳的想法了。」

不懂。「什麼意思？」

他甩頭笑笑，「沒什麼。」

「要講不講的很討厭。」我皺眉說道。

然而就在韓銳揚要開口回應時，有個人影從車廂另一端靠了過來。

是個剪著不對稱斜長髮的女人，身材非常瘦，有張瘦削但令人難忘的美麗臉蛋。她穿著白色棉質長版寬襯衫和海軍藍緊身內搭褲，揹著垮而大的黑色流蘇皮包，手腕上戴著黑色壓克力寬版手環，露出的左耳釘著一排黑色耳針，整個人幾乎沒什麼花花綠綠的顏色，但非常醒目。

這種類型的女生在咖啡店裡常見，有品味，簡單，感覺很有個性，像是藝術工作者，而眼前這個則是進階版，因為有著水亮大眼的她五官秀氣，非常美麗。

「我就說是你嘛，好巧，這是我回台灣之後第二次在路上遇到了吧？」斜長髮女生側著頭對韓銳揚微笑，聲音跟人一樣漂亮而纖細。

「真的，好巧。」

韓銳揚不知是不是因為跟我同行的緣故，對斜長髮女生閃過一絲尷尬的笑容。

斜長髮女生接著向我點點頭，「妳好。」

我回以微笑，「妳好。」

「沒想到你有年齡差距這麼大的朋友。」看著我的制服，斜長髮女生向韓銳揚說道：「該不會是小女朋友吧？」

韓銳揚聞言嚇了一跳，連忙說道：「不是，別開玩笑了——」

「我想也是，稍微有頭腦的女生都看得出來你是花花公子。」斜長髮女生笑著說道，「你下班了嗎？」

「等等要回事務所。」

不知為何韓銳揚似乎有些緊張，一反之前落落大方的樣子。

不知道這個女孩子是不是他喜歡的人，或者舊情人之類的？

斜長髮女生漾出甜笑，「那太好了，順路，我也要去 Y&K。」

「啊？」韓銳揚果然有問題，他更緊張了。

斜長髮女生眨眨眼，「去拜訪你哥啊。你跟他說過我回台灣的事了吧？」

韓銳揚遲疑了一會兒才點點頭，似乎考慮著如何接話才好，看在我眼裡只覺得奇怪，律師不是該辯才無礙的嗎？

不過，原來斜長髮女生也認識韓銳勳，看來是韓家兄弟的熟朋友了。

就在韓銳揚不知為何陷入沉默時，我忽然感到書包傳來一陣震動，於是稍微側身接起手機。

正巧是韓銳勳打來的。

——妳在哪裡？我今天提早忙完，要不要去看電影？

「最好高三生有時間看電影啦。」我忽然想到斜長髮女生剛剛所說的話，對韓銳勳說道：「你還在事務所嗎？捷運上碰到你朋友說要去找你耶。」

——我朋友？我都還沒帶妳見朋友，妳怎麼會認識我朋友？

「人家就說要去事務所找你，當然是你朋友啊。」我小聲地說，「你弟也在。」

——所以現在都在捷運上？妳、韓銳揚跟那個自稱要找我的人？

「對。」

——幫我問一下是誰。

我摀住手機，看向正望著我的韓銳揚和斜長髮女生，「不好意思，韓銳勳在電話上，他問是哪一位要找他。」

斜長髮女生的大眼睛寫滿訝異與驚愕，「韓銳勳嗎？」

我點點頭，韓銳揚嘆口氣，說道：「跟他說沒事，我會再跟他聯絡。」

「喔。」我回到通話，但耳邊卻傳來捷運廣播，直到廣播停止才繼續說道：

「你弟說沒事，他再跟你談。」

——無所謂。那妳到底在哪？

「快到台北車站了，六點半開始補習。」

——還早，我去南陽街找妳。待會見。

「喂、喂！」這人完全不給拒絕的機會，就這樣掛上了電話。

我收起手機，接著有點被斜長髮女生的表情嚇到。

韓銳揚也很怪，臉色很難看。

「……那個，韓銳動離開事務所了，所以妳不用白跑一趟……」

為什麼我愈講，斜長髮女生的表情愈凝重？

難道有人命關天的大案子想委託他嗎？

是不是叫他回事務所接案比較好呢？

「咳嗯，筱如姊難得有空，不如我們一起喝杯咖啡聊聊吧？」韓銳揚突然對斜長髮女生說道。

斜長髮女生沒理韓銳揚，持續深深地、若有所思看著我，接著忽然揚起笑，

「這位同學，可以告訴我妳的名字嗎？」

「我嗎？我姓夏，夏明芝。」

斜長髮女生點點頭，還是笑得極好看，說道：「我叫林筱如，跟韓銳勳韓銳揚認識很多年了，國中同學呢。」

韓銳揚在瞬間露出了一種我稱之為「天哪我放棄了隨便吧」的表情。

接著，斜長髮女生，不，林筱如，帶著奇異的美麗微笑補了句：

「——也是韓銳勳的前女友。」

□

我書包上有吊飾。

很幼稚的那種，一隻拉拉熊。

存了很久的零用錢（因為零用錢並不是很多）才下手買，大概比手掌再大一些，非常軟，也很好捏。此刻的我正揉捏著它。站在新光三越後門，看著光南店門前穿梭的人們，其中有好幾對是跟我差不多年紀的高中情侶，看起來很登對，即使有一兩對外型上不太相襯，但從他們的表情就可以看出來，還是挺開心的。

「嗨。」韓銳勳不知何時已來到我身後。

我轉身，他那雙宛如冬日雪地般沉靜純粹的眼望著我。

我看看錶，「六點二十要進教室。」

「韓銳揚剛剛打給我了，大致上交代了一下今天發生了什麼事。」非常單刀直入。

「嗯，那很好。」

未婚妻跟前女友在捷運相逢還真不錯啊。

不對，已經決定要取消婚約，前女友什麼的跟我一點關係都沒有。

不過想想還是很不爽。唉我這到底是……

「我之前就說過我是單身，記得吧？」韓銳勳稍微加重了一下語氣。

「記得啊。」那又怎樣。

「好好記住，知道嗎？」

「與其提醒我好好記住，不如提醒林小姐吧。」我忍不住說道。

韓銳勳竟勾勾嘴角邪氣一笑，「還沒正式交往就吃醋，這算是很好的進展。」

「吃、吃什麼醋，才沒有！」我氣得鼓起腮，「我、我為什麼要吃醋？你、你、你以為你是誰啊？」

「我嗎？人稱『信義霍建華』喔。」

信、信、信義霍建華？！

完全傻了我。

「……說真的，同樣身為魔羯座，我真心建議你不要講笑話，實在有夠冷的。」

「難道不像？」

「像又怎樣，又不是人人都喜歡霍建華。」哼，我就比較喜歡保羅·貝特尼，之前明明說過了。

韓銳勳雙手抱胸，還是一貫的姿勢，「我知道妳喜歡保羅·貝特尼。」

「所以等你成為『信義貝特尼』時再來炫耀也不遲！」

「……那可能要等下輩子了。不過，我聽到妳說妳喜歡保羅·貝特尼時還滿高興的。」

「高興？」這人是在高興什麼？

「至少代表妳不排斥大叔。」

「保羅・貝特尼算大叔？」

「他比我還大十歲以上喔，小朋友。」

啊啊頭又開始痛了。

話不是這麼說的吧。

「算了，你跟林什麼小姐的事我不想知道，也沒有必要知道。你不必特別澄清或解釋。」畢竟不是也不會是戀愛關係，你愛怎樣就怎樣。

韓銳動溫柔地說道：「……讓妳遇到這種事，是我不好。」

我沒好氣地答道：「你很好，非常好。還有前女友來拜訪，看來挺受歡迎的嘛。」

啊糟了——

一時嘴快。

說完才瞬間驚覺這串話完全就是吃醋的表現！

夏明芝妳這白痴妳到底在幹什麼啊啊啊啊啊？！

「果然還是吃醋了。」韓銳勳突然貼近我，低頭（因為我是矮子嗚嗚）輕聲，「我，真的很高興呢。」

瞬間，臉紅。

我慌亂地往側邊一站，想拉開點距離，沒想到韓銳勳卻一把抓住我的手臂，「啊肚子餓了，早餐午餐都沒吃，好餓。」

「大庭廣眾的，快放手！」你這人為什麼老是不吃飯啊？「還有，為什麼又都沒吃？胃會搞壞的。」

韓銳勳竟得意一笑，「不但會吃醋還會擔心我的健康，太開心了。」

「……」隨便你啦，隨便啦。

□

——我今天跟筱如姊談了很久，把你的事都跟她說了。

——很好。

——她希望你不要做傻事。

——傻事？

——哥，我也這麼覺得。你跟那個眼鏡丫頭是不同世界的人，沒必要去招惹她。Y&K的股份重要，那丫頭的人生更重要，你不能因為自己的貪念而害了她。

——挺替她著想的嘛，你。

——我跟她聊過，她是個好女孩。

——你的意思是如果她不好，我就可以傷害她？韓銳揚，我真的很厭倦跟你討論或者解釋這些，但如果說清楚些可以讓你安心的話，那麼我會說。

——什麼意思？

——夏家的經濟狀況遠比想像中糟，如果這婚事能成功，我可以幫夏家和明芝一把，對大家都有好處，這樣你明白了嗎？

——我知道，用錢解決事情很容易，可是明芝那丫頭才幾歲，我不認為她可以這麼順利經歷過結婚又分手再重新開始這些連大人都不一定能走得出的狀況。等到她發現她的人生已經造成無可磨滅的傷痕時，那些錢又有什麼用呢？而你，那時的你又能怎麼辦？

——你說的很有道理，我當然也考慮過。不過就我的觀察，明芝跟一般的女孩子不一樣。在兩家第一次見面時我就知道了，她不一樣。

——哪裡不一樣？

——目前我無法具體說明，但是當我看著她的時候我就清楚知道，她，不一樣。

——……希望你的判斷正確。

——我知道你擔心我也擔心她，不過……很多時候人們遠比你想像中堅強。

——我不希望明芝變得堅強。

——不希望？

——人，總是因為有傷痛，才需要堅強。

補習這種東西對像我這樣不認真的學生來說，最大的用處在於考前猜題。

也就是臨時抱佛腳。

仔細想想我真的很不喜歡讀書，每天就知道拿支筆四處亂畫，一點也不切實際。如果拚一點，從高一就好好念書，考個公立大學應該不成問題，偏偏想歸想，卻從來沒實踐過。直到現在家裡狀況不好，為了買到海砂屋的事陷入危機，我才開始煩惱成績不好只能念私立大學，學費還比公立大學貴上兩倍的問題。

我真是個大笨蛋。

手上的自動鉛筆在空白筆記上無意識地亂畫著，不知不覺畫出了一朵帶著荊棘的玫瑰。耳邊雖然流動著老師在台上奮力解題的聲音，但我卻不由得想到了今天在捷運上碰見的林小姐。

原來無良訟棍喜歡這種型的女生啊。

相當有質感和藝術氛圍的類型，容貌也很美，自然文青風格的穿著突顯她的知性感，怎麼看都覺得才貌兼備。

哼難怪說結婚之後可以各過各的，原來——

哼哼哼。

不知道為什麼心情愈來愈差，一股沒來由的煩躁在身體裡四處亂竄。稍微一個不小心，自動鉛筆的筆芯就這樣折斷了，拉畫出一截醜醜的線。

所謂的前女友這種東西，無論怎麼善意去想都很讓人討厭。

但問題是，我有什麼資格覺得討厭？

啊啊啊不知道啦，煩死了。

生氣。

丟下自動鉛筆，換了支滑順的原子筆開始畫圈圈和線球，纏繞在一起的藍色線條就像我此刻混亂的心情一樣，既 blue 又糾結。

這種心情究竟是怎麼一回事啊？！

不行，繳了這麼多學費，我這是在幹嘛呀？

還是得好好專心聽課才行……

……

……

是說，韓銳勳跟林小姐到底分手多久了？為什麼分手啊？

看那樣子，好像分手之後還能做朋友，應該不是很可怕的理由吧？

林小姐今天對韓銳揚說是回台灣之後第二次碰到，那代表她之前不在台灣？

還說要去事務所找無良訟棍，這麼看來，關係還不錯囉？

哼韓銳勳你這個壞傢伙！

……

……

不對！我想這個幹什麼？！

這事跟我一點關係都沒有啊！

夏明芝妳完蛋了，妳瘋了，妳管人家閒事做什麼？

不是說好要專心聽課的嗎？

專注，要專注才可以……

……

……

不過，那個林小姐長得真漂亮，又有氣質，我的話完全就是醜小鴨嘛。

好傷感，活了十七年第一次發現「平凡」跟「漂亮」兩者之間差距這麼大。

那麼帥氣的韓銳動身邊，再怎麼說也不適合站著我啊……

等一下！為什麼我又分心了？！可惡！

就在這時，隔壁景美女中的同學看了我一眼，顯然被我猙獰的表情嚇到了，連忙移開視線專心聽講。景美女中的同學啊，我不是故意嚇妳的，原諒我嗚嗚。

漫長的三小時終於結束，在走出補習班時很慶幸不少人都跟我一樣露出了「終於啊」的表情。我一邊揉捏著書包上的拉拉熊，一邊走出補習班大門。

沒想到天空飄著微微細雨，柏油路面還不算濕，看來剛開始下沒多久。我在心裡默默地嘆了口氣，只覺得疲倦萬分，幾絲細細的雨水就這樣打上我的眼鏡。

「嗨。」剪著斜長髮的林小姐突然出現在我面前，揚起好看的笑，以極輕快的口吻打招呼。

「呃。妳好。」雖然我沒什麼戀愛經驗，但在一天之內竟然見到林小姐兩次，再怎麼遲鈍的我也會覺得不對勁。「妳找我嗎？」

林筱如保持著笑容，點點頭，「一起喝杯咖啡吧，有些事想談談。」

「……可是，妳怎麼知道我在哪裡補習？」

林筱如微笑著，「我只是打了幾通電話給附近幾家高中補習班櫃檯而已。運氣不錯，第四通電話就問到了。」

天哪，我們補習班的櫃檯小姐到底知不知道什麼叫個資法？！

「到星巴克坐吧。」林筱如又道。

而雨，愈來愈大了。

坐在星巴克的小圓桌邊，林筱如捧著拿鐵，帶著莫名的淺笑望著我。被她看得很不舒服，我不得不先開口，「請問，找我有什麼事嗎？」

「呵，不好意思，妳嚇到了吧？其實我也被我自己嚇到了，再怎麼說妳還是個小朋友，就這麼跑來找妳似乎不妥當呢。」

知道不妥妳還來？

那現在快點說聲對不起立刻解散吧。

「我呢，想給妳看些東西。」林筱如一面拿出手機，一面說道。

她滑了滑手機之後遞給我，那是相簿頁面。

全是韓銳勳和她的合照，有在台灣的，有在日本的，有滑雪的，有戲水的，照片裡的韓銳勳笑得很開心，林筱如也一樣。我並沒有點進每張照片裡看，很快地把手機放回圓桌上。

「看完了。」

「不，妳還沒看完。」林筱如拿起手機，又滑了幾下，特別點出一張照片，舉得高高地對著我的臉，「雖然這很害羞，不過好在沒有露點，應該沒關係吧。」

那是一張韓銳勳赤裸上半身趴睡在某間飯店床上的照片。

我深吸了口氣。

雖然理智上分明知道，所謂的前女友能拿得出這些照片也算合理，但實際上看到時那種強烈的鬱悶和不快比我想像中還可怕千倍萬倍。其實也不過就是張在不知名飯店床上的趴睡照，一點引人遐想的細節都沒有，但依舊狠狠地衝擊了我。

林筱如大概察覺我的表情不對，於是得意淺笑，「有些十八禁的就算了，畢竟妳還是小朋友嘛。」

我咬咬唇，「請問，讓我看這些的用意是？」

林筱如輕輕靠向椅背，甜笑，「我跟銳勳，是有歷史的啊。」

意思是古人嗎？

我等著她繼續說下去。

「老實說，之前因為太習慣對方了，所以我們協議各自過一段時間，那陣子我去了紐約，拿到了景觀設計碩士學位。在紐約時我很想他，就算我身邊沒缺過追求者，但他還是最好的，我們完全知道對方在想什麼，一個動作，一個眼神就知道對方的需要，沒有人能像我們這麼精準地填補對方。妳懂我的意思嗎？」

「……大致理解。」

「Great！妳真是個聰明的女孩子。」林筱如從包包裡拿出維珍妮菸和打火機，咬著但沒點，有些含糊地說道：「我這次回來，無論如何都要跟銳勳修成正果。」

修成正果？我還得道成仙哩。

林筱如用極修長的手指夾著未點的菸，緩緩說道：「有些話還是得說清楚才好呢——銳勳跟妳的事，我已經都聽說了，妳一定也很困擾吧，這世上竟然還有爺爺這麼堅持的老人家，我都不知道該說什麼才好了，呵。」

「……」所以妳今天專程來發表意見的嗎？

「我想妳應該知道，他並不是真心想要結婚，我覺得這件事真的要適可而止比較好呢。好好的女孩子，幹嘛玩這種大人的遊戲，妳沒本錢，同時也輸不起。」

對，我沒本錢，我確實也輸不起，那又如何？

妳這麼厲害，又漂亮又聰明，那就去搞定韓銳勳嘛，去讓他說一句我愛妳勝過 Y&K 的股份，去啊。

「妳說服韓銳勳了沒？」我冷道。

林筱如大概是沒想到我會這樣回應，她的笑容僵了僵，但隨即說道：「妳一定很希望我說服銳勳放棄吧。」

「我不覺得他是別人說服就會放棄的類型。」我淡淡地回應。

林筱如的笑容瞬間消失，不過很快就換上更親切更無害的笑，「妳了解銳勳嗎？我跟他從中學就認識了喔，然後就成為班對……是初戀呢。」

初戀了不起嗎？

還不是分手了。

妳以為你們是余樂樂跟楊在軒啊（大誤）。

當然這話講出來就太過分，我只是靜靜聽著，沒吭聲。

「我跟銳勳，雖然分開了一段時間，不過我們一定會再復合的。畢竟十三年呢，我們的生命裡對方佔了一半。一旦分開，只是讓這份空缺更加明顯而已，也只是更突顯彼此的重要性。」她換上冷冷的語氣，「就算，身邊有別人在，他一樣放不下我，我也放不下他，妳明白嗎？」

「然後呢？這跟我無關吧。」

林筱如露出了「我是真心為妳好」的親切溫柔表情，說道：「既然最後銳勳都會回到我身邊，實在沒必要讓他為了不可能的婚約打亂妳生活；再說了，他那麼體貼女孩子，萬一妳誤會那份體貼是喜歡，到時太傷心就不好了，這樣一來我和銳勳怎麼過意得去呢。」她頓了頓，稍微加重了口氣，「我的意思是，就到此為止吧。我會跟銳勳好好說的，說是妳的意思，我想他應該會放棄的。」

「……妳打算怎麼跟韓銳勳說呢？具體的說法。」我嚐了口巧克力，甜得發膩，簡直跟林筱如的笑容沒兩樣。

林筱如眨著水潤大眼，說道：「呵呵，怎麼說不要緊，要緊的是，我說出來的話效果夠不夠。」

「讓我整理一下，妳的意思是說，反正最後我跟韓銳勳的婚約一定成為泡影，倒不如現在就斷了聯絡；而且之後，妳和韓銳勳還會復合，是嗎？」

林筱如點點頭，還是給出無害又無邪的笑，「是呀，妳真的聰明。老實說，我很怕遇到那種理解力太差又不讀書的女孩子，怎麼解釋她都不懂。」

不，我正好就是不讀書而且理解力還很差的女孩子哼。

「我想，既然無論如何這婚約都不會成立，那麼也就沒有必要現在刻意結束了吧。」我放下巧克力，微笑，「反正遲早都會結束，那又何必急於一時呢？」

林筱如不動聲色，輕輕聳肩，「早點結束不好嗎？才不會影響妳讀書考試的心情，也不會讓兩家人誤會事情可能成功，不是嗎？」

「原來妳這麼想。」

「我也是為了大家好。其實不只我，銳揚也這麼覺得呢。妳只是銳勳為了拿到股份的一顆棋子，隨手可棄。」說到這裡，林筱如掩了掩口，皺眉，「抱歉，一時嘴快，是不是讓妳受傷了？沒辦法，我這個人說話是比較直一點。但我說的都是事實呢。」

我在圓桌下的手不自覺握了拳，指甲戳進掌心，正想要說些什麼，但手機卻響了起來。

是韓銳勳。

——妳在哪？

「我在補習班對街的星巴克，一樓。」

——我去接妳。

掛上電話我調整了一下姿勢，轉念間放棄了本來想反駁的話。

我看著林筱如，她正啜飲著拿鐵，目光飄向落地窗外的雨景。

忽然覺得這場爭辯一點意義都沒有。

不管我跟林筱如不歡而散還是達成了她所想要的協議，對韓銳勳來說都不重要。雖然認識沒多久，不過我想，他並不會因為兩個女生私下談好的什麼無謂約定而放棄他的計畫。

一意孤行是他的缺點，但有時也會是可貴的優點。

「……妳在學校沒有喜歡的人嗎？」林筱如突然問。

我不置可否，「這很重要？」

「跟同年齡的人在一起，比較輕鬆愉快吧。有共同的話題，共同的成長背景，就像我和銳勳，我們都是出身律師世家，所以非常聊得來呢。」林筱如勾起動人的笑容，「我父親的事務所也算得上國際級，他很欣賞銳勳，很期待銳勳跟我結婚之後能繼承他的事務所——這些，妳大概都不知道吧？」

不知道。

我爸是個賺得沒律師多的工地主任，能留給未來女婿的只有債務——

So what，那又怎樣？

搶男人搶到連自己老爸都得抬出來當籌碼，會不會辛苦了點啊？

「我知不知道不重要，韓銳動自己會打算。既然妳這麼了解他，應該知道他這人不是隨便誰說了什麼就會改變心意的。」我聳聳肩，冷靜了一下，不想把這次會面搞得像奇怪連續劇般狗血，「至於我，我想我的最終決定沒有跟林小姐交代的必要。」

林筱如終於露出不悅的神色，皺眉道：「我不明白妳在固執什麼，這樣搞下去對大家都沒好處。」

「我沒有在固執什麼，我只是在評估這婚事的可行性。雖然我不是絕頂聰明的女孩子也不是出身在了不起的律師世家，但是對於終身大事還是得謹慎評估再決定。不管是拒絕也好同意也罷，我都要對自己負起責任才可以，對吧？」

林筱如冷哼一聲，不再說話。這時韓銳動的黑色凌志已經停在街旁，我站起身，把巧克力放在回收架上。

「我先走了。」

「……」林筱如以某種我無法理解的目光深切地看了我好一會兒，才開口，「我真的希望妳知道什麼叫『適可而止』。另外，也希望妳不要太低估所謂『初戀』的影響力了。」

我沒回應，揹起書包，靜靜地走出星巴克。

□

雖然我已經走到了那輛黑色凌志旁，但我並沒上車。

書包裡的手機震動著，是韓銳動打來的。

——下雨呢，還不上車，發什麼呆？

「——你以後別再打來了。」

說完，按掉電話，關機，塞進裙子口袋。

在韓銳動下車前我開始往街的另一端跑去。

雨水一下子就讓鏡片變得模糊不清，我聽到韓銳動的聲音在我身後響起。

明芝！

夏明芝！

夏明芝！夏——

而我的名字，在雨聲中四散成扎人的碎片。

□

後來雨漸漸小了。

車上不少跟我一樣剛從補習班下課的高中生，大部分都戴著耳機，不是在聽音樂，就是在玩手機遊戲。當然也有穿著顯眼名校制服的同學們手上拿著生字本或者什麼講義，抓緊時間背書。學生嘛，一般來說就這樣。

像我這種被「未婚夫」的「初戀前女友」在補習後抓去談判的高中生，大概並不多吧。

——妳只是銳動為了拿到股份的一顆棋子，隨手可棄。

——他那麼體貼女孩子，萬一妳誤會那份體貼是喜歡，到時太傷心就不好了。

——我們完全知道對方在想什麼，一個動作，一個眼神就知道對方的需要，沒有人能像我們這麼精準地填補對方。

我抓著吊環，靜靜地看著車窗外的街景。殘雨讓景色充滿斑駁水痕，眼前接二連三飛逝而過的招牌字體扭曲不明。

不知道為什麼，胸口鼓脹而疼痛。

我跟自己說這一定是淋雨後感冒的前兆，一邊想說服自己，一邊覺得這麼想的自己幼稚得可笑。林筱如的話不停不停不停地在我腦海中重播著，一遍又一遍，我卻沒有想讓它停止的打算。

這八成算是自虐的一種。

——妳只是銳動為了拿到股份的一顆棋子，隨手可棄。

——他那麼體貼女孩子，萬一妳誤會那份體貼是喜歡，到時太傷心就不好了。

——我們完全知道對方在想什麼，一個動作，一個眼神就知道對方的需要，沒有人能像我們這麼精準地填補對方。

林筱如的聲音持續重複著，比跳針還惹人厭。

但其實，我並沒有立場感到討厭，不是嗎？

□

下車後我慢慢走向社區，制服因為公車冷氣的緣故乾了不少，書包上的拉拉熊有點濕，我盤算著等等洗完澡吹髮時也要把拉拉熊一起吹乾。

我，從來沒有這麼疲倦，這麼難受過。

雖然隱約知道難受的理由是什麼，可是卻不想面對。

太奇怪了。

而且，為什麼這麼想哭呢？

想著答案我揉揉鼻子，不自覺地苦笑。

才剛走進社區中庭，一輛和夜色相近的黑色房車疾駛而來。是韓銳勳的凌志。黑色凌志急急地煞了車，在我還沒來得及加快腳步前，韓銳勳就已下了車走向我。

「夏明芝！」

我本能地停在原地，不知該走還是就這麼待著。

當我看到那輛黑色凌志時，我就已經知道，其實我正等著他出現。

只是我不確定，這份對我而言很重要的等待，在他心上是不是也有同樣的重量。

韓銳勳三步併兩步衝到我身邊，伸手拉住我，鐵青著臉，「妳到底在做什麼？」

我抬頭迎向韓銳勳的目光，本想用偶像劇裡女主角深受委屈的口吻說幾句經典又揪心的台詞，但我不是演員而人生不是偶像劇，當我一接觸到他那如火般燃燒的目光時，我唯一而直覺的反應竟然是——

哭了出來。

這下韓銳勳慌了（好吧其實我也是）。

雖然因為眼淚我看不清楚，但從他那低啞的聲音裡我感覺得到。

「妳怎麼了？發生什麼事？是不是有人欺負妳了？去補習前不是還好好的嗎？」韓銳勳鬆開原本抓住我的手，慌慌張張地從口袋裡掏出手帕，柔聲安慰，「別哭了，冷靜點，有什麼事慢慢說……」

而我的嗚咽因為韓銳勳的溫柔變成了嚎啕大哭。

我也不知道自己到底在激動什麼，韓銳勳塞在我手心的手帕一下子就被我扔掉了，只知道因為拚命想抹去眼淚結果自己還推掉了眼鏡，韓銳勳急忙彎腰替我撿起眼鏡和手帕；但我還是毫不在意形象、像個心愛玩具被搶走的臭小鬼那樣大哭著，眼淚像是劇烈搖晃之後打開的香檳般狂噴，我從來就不知道自己的淚腺這麼發達這麼強壯。而且也不知道，原來大哭的時候腦袋裡會一片空白，會覺得有點缺氧，還會覺得渾身發燙，血液像沸騰一般。

「——唔！」

忽然間我那應該很快就會驚動管理員和社區警衛的哭聲被悶住了。

因為有種叫作胸膛的東西緊貼著我的臉。

還有一雙叫作手臂的東西緊緊圈按著我。

我，真的知道自己哭得有點過分，而且的確也太大聲了點。

可是韓銳動……

我快不能呼吸了，好、好悶啊！咳咳！

「噓，別哭了，沒事。」韓銳動的指尖撫過我的髮，輕輕地，緩緩地重複著，「沒事，不會有事，噓，我在這裡，有我，別哭，我陪妳。」

和往常一樣的薄荷古龍水味以及只有在小說中讀過的「劇烈心跳聲」現在隨著韓銳動的體溫和呼吸包裹住我，緊緊地……

緊緊地。

在從來沒噴過水的中庭噴水池邊坐下，韓銳勳一言不發，他的左手輕抬起我的臉，右手輕輕用手帕另一面擦撫過我的臉，沒戴眼鏡的我其實看不清他，但卻清楚知道他正如此專注地看著我。

最後，他替我順了順瀏海，「……沒看過這麼能哭的女孩子。」

我吸吸鼻子戴上眼鏡，從他手中搶過手帕。

冷靜下來後才驚覺自己剛剛未免也太誇張了。

是有必要這麼激動嗎？而且到底在激動什麼啊，幸好沒有驚動什麼保全還是鄰居，不然真的是丟臉無下限。

「……到底，發生了什麼事？」韓銳勳依舊輕聲地問，「可以告訴我嗎？」

我不知從何說起，無意間看到他的領帶上還有我的淚痕，「對不起，把你的領帶弄髒了。」

他這才低頭看了看，聳肩，「無所謂，送洗就好。」

「我送你一條新的吧。」我脫口而出，「反正父親節時我買過，一條不過一千元上下，存存錢還送得起。」

韓銳勳似笑非笑地搖頭，「不用了。」

「我會挑一條比這好看的。」我也不知道自己在固執什麼，「還是你想要一模一樣的？」

「呵。妳是真想送我領帶，還是在扯開話題？」

「……都有。」我低下頭，半晌之後，鼓起勇氣望向韓銳勳，「剛剛林小姐來找我。」

韓銳勳瞬間臉色一變，「她怎麼知道妳在哪裡補習？」

「這不是重點，重點是，她很想跟你復合。」

韓銳勳的眼睛像是會說話般，深深地，切切地，緊盯著我。

我知道如果錯過此時此刻，這輩子大概不會再有勇氣。

「所以，我很難過。」我咬咬唇，一字一句清晰地說道：「我難過的理由，你，明白嗎？」

韓銳勳的眼神閃過訝異。月光下他的眼裡盈著某種驚惶，某種疑問，某種複雜而難以明白的情緒，彷彿我宣告了一個他從沒料想過的，驚天動地的消息。

我的胸口像是被塞滿似的，難以呼吸，心跳劇烈不已。

許久後，他才開口，「——我明白。」

「那就好。」

原來，原來……

原來告白是這種心情……

緊張，不安，但又帶著幾絲決心，還夾雜著一股隱然且不願面對的期盼。

「……謝謝妳。」他給出極溫柔的笑，第一次露出有點害羞的神情，剛才的猶疑自眼中退去，「我，受寵若驚。」

我推了推眼鏡，吸了下鼻子，已經完全放棄形象了（還有少女尊嚴什麼的）。

韓銳動忽然伸手揉揉我的頭，「……雖然剛剛說過了，但還是謝謝妳。」

「嗯？謝什麼？」

「妳的喜歡——」

砰地一聲巨響打斷了韓銳動的話。

我和他不禁警覺地站了起來，張望著。

「……那個聲音，好像是從B棟自救會那裡傳來的……」

今天是星期三，星期三晚上固定都會在B棟一樓的會議室召開住戶自救會，討論最近跟建商談判重建相關事宜。

韓銳動沉著地往前走了幾步，我連忙跟上他，但才剛離開噴水池邊，我們便又聽到嘈雜的人聲。沒錯，是在B棟，繞過造景之後可以看到B棟前住戶們似乎正和幾名黑衣人爭執。

「……咦，我爸……那邊那個，好像是我爸。」我不自覺地往前走，想看看到底發生什麼事。

但韓銳動拉住我，以我從未聽過的沉著威嚴口吻命令，「待在這裡。我過去看看。還有，把手機打開，看是準備拍照錄影還是報警，以備不時之需。如果狀況不對，什麼都別管，直接先跑回家。」

「可是……」

韓銳比了個待著的手勢，快步走向已經開始互相拉扯的住戶群和黑衣人。

我急忙從裙子口袋裡掏出手機——快呀開機！

等手機啟動後，我打開相機錄影，悄悄靠近幾步，韓銳動架住老爸，深怕老爸衝出去跟黑衣人對打。這時社區的保全先生也跑了過來，但還沒聽清楚他勸導了什麼，只見一個黑衣人砰一聲把保全先生撂倒在地，現場更混亂了。

「喂！打人了！怎麼可以打人！救命啊！」

「報警啊！快點報警！」

其中有個瘦得跟竹竿似的太太高聲尖叫起來，接著她看到我，不知是不是蠢過頭了，她竟然更大聲地叫道：「太好了妹妹！快點拍下來，把這些流氓全都拍下來！」

妳這個笨蛋！！！

這下好了，本來只專注眼前、兇神惡煞般的黑衣人們全都轉頭看向我，其中比較靠近我的兩個，鬆開了原本正在拉扯的住戶，快步向我衝來。

「明芝！」韓銳動和老爸幾乎同時叫了出來。

我嚇得不知所措，只知道緊緊握著手機，踉蹌地後退了幾步，一個不小心便跌坐在地。

這時，其中一個像棕熊般高壯的黑衣人已經來到我面前，他猛地伸出手想搶走我的手機，就在此時，韓銳動暴吼一聲，磅地一拳擊中了跟他差不多高但體重可能是兩倍以上的棕熊黑衣人側臉。

□

那天晚上發生了很多人生中的第一次。

第一次被情敵找去談判，

第一次哭得像個幼稚園小鬼，

第一次對某個人承認自己的心意，

第一次看到流氓，

第一次看到流氓和住戶打群架，

第一次看到老爸想衝上去幹架，

第一次用手機直錄案發現場，

第一次遇上流氓想搶我手機，

第一次有人為了保護我而動手，

第一次看到喜歡的人受傷，

第一次坐上救護車，

第一次被警察問話做筆錄，

第一次半夜不回家在醫院急診室裡過夜——

「嘿，吃點東西吧。」韓銳揚在我身邊坐下，遞給我一個三明治，他看著我手肘上的繃帶，「傷口還好嗎？」

「擦傷破皮，消毒完就沒事了。」我幾乎是無意識地盯著「手術中」的燈號。

「妳放心，我哥不會有事的，骨折而已，也沒失血過多，意識都還很清楚。」韓銳揚說道，「妳的臉色比他在救護車上的時候還蒼白。」

我垂下頭，想到在救護車上韓銳勳還忍著痛安慰我，眼淚不禁就這樣落下。

「欸欸，妳別哭啊。我是要安慰妳，不是要惹哭妳。」

我抹抹眼淚，「沒有，跟你無關。」

韓銳揚往椅背靠了靠，半晌才說道：「……好漫長的一天。」

我沒回答，只覺得疲倦萬分但卻沒有睡意。

「手術可能沒這麼快，不然我先送妳回去？妳明天還要上課吧？」韓銳揚又問道。

我搖搖頭，「沒關係的，我跟我爸說過，一定要等韓銳勳手術完，他同意讓我留在醫院。明天學校那邊，可能會請假。」

「伯父比我想像中開明。」

「韓銳勳可是他女兒的救命恩人，這也是應該的。何況你也在。」

韓銳揚看了眼燈號，說道：「不用太擔心，手術的醫生是我們朋友的親戚，會好好處理的。而且被鋁棒這樣擊中，只斷了橈骨，是不幸中的大幸了。」

要是他沒護著我，今天躺在裡面的就會是我，

而且不是什麼橈骨，而是頭骨骨折了吧。

「欸。」我看向韓銳揚，「你討厭我嗎？」

韓銳揚一凜，「沒有。怎麼這麼問？」

「……我想也是，我的事跟你也沒什麼關係。」我玩弄著手上的三明治。

「但是，你也覺得我跟你哥如果結婚會是錯誤吧。」

韓銳揚忽然笑了，「妳該不會因為他救妳一命，就打算以身相許吧？」

「以我的姿色，那叫作『恩將仇報』。」我自嘲道。

「亂說，妳很可愛。」

「……你真有禮貌。」

韓銳揚注視著我，「妳怎麼知道我不是認真的？」

我扯扯嘴角，把三明治還給韓銳揚，「我吃不下，謝謝。」

「那要不要喝點什麼？我去買。」

「不用了。」

「不好好照顧未來大嫂，我哥知道會揍我的。」

我白了他一眼，「明明就不希望我跟他結婚。」

「我希不希望並不是重點，重點是妳希不希望。」韓銳揚像是想到什麼似的說道：「他很好笑，還用唐朝有個長孫皇后作例子，說什麼年齡不是問題。」

「長孫皇后？李世民的皇后？」我想了想，「她確實很年輕就嫁給李世民。」

「別告訴我歷史課本上有寫她幾歲結婚。」

「當然沒有，但 WiKi 上有。」

韓銳揚用不可置信的表情看著我，「這年頭竟然有人上 WiKi 看個幾千年前的皇后幾歲出嫁——光憑這一點我就覺得妳跟我哥是天生一對——根本愛冷知識嘛你們。」

天生一對，是嗎？

我想起了在一天內見了兩次的林小姐。

她認為她跟韓銳動才是天生一對呢。

「欸，我可以問你一些事嗎？」

「我嗎，我也單身喔，而且我也可以接受女高中生喔，怎麼樣，不用開口就知道妳的問題，是不是很厲害？」

「……我只能說人有自信真好。」誰要問你這個啦。

「開玩笑的。不過關於接受女高中生那段是真的喔。」

決定忽略。我想了想，說道：「……我要問的是，林小姐跟你哥的事。」

韓銳揚露出了「喔，我就知道」的表情，聳聳肩，「妳想知道哪部分？」

「嗯……反正現在也沒事，你就講故事給我聽吧。」

「妳不怕妳睡著？」

「快講啦。」

韓銳揚笑了笑，花了幾秒決定從何開始後，說道：「筱如姊的父親跟我爸是好朋友，以前都當過法官，兩家人一直都很熟。後來他們中學念同間學校，妳知道，校草跟校花走在一起，本來就是眾人的期盼。怎麼說才好呢，就是很自然而然地在一起，反正也沒有更適合的對象吧，但也因為這樣，所以兩個人之間好像缺少了點什麼。

「我爸媽走得早，筱如姊的父親其實偶爾也扮演了一下我們父親的角色，再加上我們兄弟都決定繼承家業，所以跟筱如姊父親的關係一直維持得很好，這麼一來，他跟筱如姊綁得更緊了。當然就這樣下去也沒什麼不好，不過後來還是分手了。」

「分手的理由是什麼？」

「到現在我還不知道。他們倆誰也沒說，筱如姊父親因此震怒，跟我們家斷絕來往，筱如姊就辭掉了電視台的工作，到美國進修。我其實也很想知道，可是我哥永遠都說那就是兩個人的事，覺得分開也可以，所以就分開了。這有回答跟沒回答根本就一樣。」韓銳揚輕笑，「那時我還跟我哥開玩笑，說其中八成有什麼秘密。」

我扯扯嘴角，無聲地笑了笑。

果然是有歷史的，而且分手還是歷史謎團。

「聊聊妳吧。」韓銳揚忽然側身，很認真地看著我，「我對妳很好奇呢。」

「就平凡高中生，有什麼可好奇的？路上隨便抓就一大把。」

韓銳揚並不同意，「妳知道嗎，我哥一向眼高於頂。」

「他很有條件眼高於頂啊，還自稱『信義霍建華』。」

韓銳揚笑了出來，「拜託，他超討厭這個外號的！」

「會嗎，我看他講得很高興啊。」

韓銳揚用某種不可思議的視線看我，「我是說真的，他超痛恨別人提這個外號，而且有很長一段時間他根本不知道霍建華是誰。」

「好吧那他今天八成是瘋了。」我聳聳肩，不知說什麼好。

「言歸正傳，我一直覺得他對妳的態度比我想像中曖昧很多。」

「什麼意思？」

「他是個特別有原則的人，但是，好像他的原則遇到妳就會失效。」

嗯？這是值得高興的意思嗎？「我不是很懂。」

韓銳揚笑了笑，「沒關係，只是一種感覺。他這次做了很多以前從來沒做過的事，光是看他買了一堆愛情小說我就傻了；還有，他以前才不接送女孩子，當然也不會跟女孩子開玩笑，根本就是撲克臉。基本上他完全不是個戀愛高手，跟個木頭似的。」

我嘆口氣，「那是因為他希望我爽快答應結婚，當然就無所不用其極。」

「不僅這樣吧……我總覺得，沒那麼單純。」韓銳揚無所謂地說道，「說真的，我有點小懷疑。」

「懷疑什麼？」懷疑他要把我騙去賣？

「……不，」韓銳揚忽然笑了開，「沒什麼沒什麼，我想太多，一定是。」

我本想說些什麼，但這時手術室的門片滑開，一名身材嬌小的女醫生走了出來，當她摘下口罩後露出一張相當可愛的臉。

「崔琳！嘿，我哥手術的情況怎麼樣？」韓銳揚和我連忙迎上前。

「還好橈骨碎得不嚴重，我們在患部放置了鋼板，進行開放性復位及鋼板內固定手術，手術很成功。接下來就是等復原，之後再進行復健，復健需要耐心。喔另外，為了怕他留下手腕不好使力的後遺症，我們已經盡量不傷到旋前四方肌，以後也比較不會有難以用力的狀況發生。」崔醫生溫柔地笑了笑，「不用太擔心，他現在已經在恢復室了。」

天哪說著不用擔心的崔醫生在我眼中簡直就像天使般可愛。

謝謝妳，醫生！

「太好了。」我揉揉鼻子，眼淚不知為何蓄勢待發。

我不禁鬆了一口氣，是為了救我才受的傷，要是留下永久的後遺症，那我真的只能去韓家做牛做馬來報恩了吧。

「這位是？」崔琳笑著看向我，然後對韓銳勳說道：「你不會連高中生都下手吧？」

「沒有啦，這是我哥的——呃，未婚妻。」韓銳揚搔頭，不好意思地笑笑。

「哇，我沒聽錯吧？這位同學……是韓銳勳的未婚妻？」崔醫生笑著看我，「那要恭喜這位同學了，能嫁給韓銳勳比中樂透還值得高興呢。」

「崔醫生也認識韓銳勳嗎？」我問。

「認識，而且關係還有點複雜。他是我高中學弟，而且現在還是我未來妹夫店裡的法律顧問呢。」

這……的確是很複雜的關係。

「我還有事先去忙，有什麼事再打給我。」崔醫生雙手插在白袍口袋裡，笑容非常好看，「同學，別擔心，韓銳勳沒事的。」

□

——你總算醒了。

——……明芝呢？

——一醒來就問她，你不太對勁喔。

——我在問你話。

——剛剛伯父伯母來接她回去了。

——她沒事吧？

——沒事，就是手腳有點破皮，輕傷。

——有沒有叫她別擔心？

——有，勸了很久，一直到手術結束崔琳再三保證你沒事，她才終於放下心。後來等你退麻醉，送回病房，她都在。

——怎麼不讓她早點回去？

——她不願意。你也知道魔羯座的人，史上最固執。

——伯父伯母沒責備她吧？

——沒有，一直說謝謝你救了明芝，說再來看你。

——她沒事就好。折騰了一整晚，你也累了，回去吧。

——我這時回家幹嘛，都已經天亮了，我索性等等直接去上班。

——也行。別忘了幫我請病假。

——這種事忘不掉的啦。

——也是。

——不過，哥……

——嗯？

——我最近一直在懷疑你。

——你放在辦公桌抽屜裡的 OREO 我可沒偷吃。

——不是在說這個——等一下，你怎麼知道我抽屜裡有 OREO？！

——業務機密，恕難奉告。

——算了那不是重點。

——你藏在茶水間角落櫃子裡的藍山咖啡也不是我喝掉的。

——……你為什麼知道我的咖啡放哪裡？

——我這人口風很緊，絕對不會出賣消息來源。好，不跟你開玩笑了，你說懷疑，是什麼意思？

——也沒什麼，我只是在想——哥，是不是對那個眼鏡丫頭有點動心了？

——在這種時候盤問病人，你有沒有良心？

——無所謂，我只要得到我想知道的答案就夠了。

——這問題我拒絕回答。

——你不用回答，從你醒來到現在所說的一切，我已經推理出答案了。

回家後洗完澡已經是早上七點。

我其實沒什麼睡意，只是靠躺在床邊。

不知道他現在怎麼樣了……

韓銳揚那傢伙真能好好照顧他嗎？

怎麼想都覺得不放心。

等等小睡一下起床，還是再去一趟醫院吧。

去之前是不是該煮個粥帶去呢？還是做點別的？

「明芝？」房門開了一道縫，是老媽，她帶著不安探頭，「沒睡？」

「嗯，睡不著。」

老媽推門進房，皺眉，「沒事了，那些壞蛋都已經被抓了，以後不會再有這樣的事發生。」

「嗯，我知道。」

老媽走來床邊坐下，「傷口很痛嗎？已經幫妳請好假，妳今天就待在家裡好好休息，別亂跑，知道嗎？」

「啊，可是，」我有點不好意思，「我等等想去醫院……看看韓銳勳。」

老媽拍拍我，「明天再去也可以，他手術完需要多休息。今天我跟妳爸會買些東西過去看看。真是要謝謝他了，要不是他替妳擋下來……算了，妳沒事就好，銳勳吉人自有天相，妳不用想太多。」

「我不放心，還是想過去看看。」

老媽不置可否，「隨妳，但還是先睡一覺吧。妳爸等等還會再去警局一趟，媽要出門上班了。」

「嗯好。」

老媽有些心疼地看著我。

「我沒事啦，真的。」

「如果一定要出門，自己小心點。」

□

我走進病房時，護士小姐正好端著托盤跟我擦肩而過。

韓銳勳住的是單人房，雖然不大，但至少安靜。醫院特有的藥水味和白色燈光讓人想放鬆都很難。

韓銳勳坐在病床上，拿著手機，這時才發現他臉上也有傷口。

「嘿。」他朝我一笑，是帶著些孩子氣的那種，「妳沒事吧？」

我搖搖頭，走向他，「我沒事。你還好嗎？」

「還好，皮肉傷。」韓銳勳溫柔地說道，「醫生巡房時說了，手術很成功，妳不用擔心。」

「不行。身為一個標準魔羯座，最擅長的就是擔心了。」糟了，自己都不知道自己在說什麼。

韓銳勳笑出聲，拍拍床邊示意我過去。「今天請假了？」

「嗯。」我低下頭，但隨即又抬起，「你餓不餓？我買了雞腿便當給你。」

「便當嗎？可是我不喜歡便當，除非是妳親手做的。」韓銳勳毫不臉紅地說道，「上次那個什麼戀人守則有寫，『情侶就是要做料理給對方吃』。」

我不禁笑了出來，「你竟然還記得。」

「當然，我很期待呢。」

我看看手上的塑膠袋，拿出雞腿便當，「下次吧，不喜歡也沒辦法，至少把雞腿吃掉。」

「……那個是什麼？」韓銳勳用下頦比了比，「圓圓方方的那個。」

我霎時臉紅，「呃，那是我捏的飯糰。」

韓銳勳登時興味盎然，「要給我的嗎？」

「不是耶，我自己要吃的。」

這個是用電鍋裡的隔夜飯捏的耶，怎麼好意思拿來給救命恩人吃？！而且因為經費（誤）有限，兩個人都吃便當太貴了，所以才跟上學時一樣用剩飯捏飯糰的說。

「跟我交換吧。」

「交換？」

韓銳勳執拗地點點頭，「便當給妳，飯糰給我。」

「不行。」

「妳這樣對待救命恩人不好吧？受傷已經很可憐了，竟然連想吃的東西都吃不到，真的好慘。」

他換上了無辜又楚楚可憐的眼神，像是超無辜的小動物，這還是第一次看到。

我呆呆地看著他那孩子氣的表情好一會兒，搖搖頭。

——真拿你沒辦法。

結果韓銳勳吃掉我自己做的鹽巴海苔飯糰。

如他要求，雞腿便當被用來跟我交換那顆不圓不方而且還是用隔夜鍋巴飯捏成的「自家用」飯糰，而我就坐在床邊吃著有點油膩但菜色很豐富的便當。

看著他默默地啃著飯糰，我忽然有種很微妙的小開心。其實我完全不知道也無法判斷韓銳勳所做的一切到底是懷抱著什麼樣的企圖；我只知道自己，已經不一樣了。

但是，更清楚明白，其實不該開始。

沒有開始，就沒有結束，當然，也就不會有結束時的疼痛了。

剛吃完飯沒多久韓銳勳的手機便響了起來，螢幕上秀出事務所來電，我替他滑開手機。

「——喂，是我。那個案子我看過資料了。」韓銳勳在接起電話的瞬間立刻切換到專業律師模式，「我就直說了，這完全就是典型的掏空手法，國際級的。現在要查的部分有幾個，你記一下：永泰集團的應收帳款融資、零息債券、海外可轉換公司債還有信用連結債券。總之，永泰集團所有海外往來公司全都給我好好查一遍，細節部分有不清楚的你可以問韓銳揚律師，對。」

我悄悄看著韓銳勳專注的側臉，冷而深沉，跟剛剛耍賴想吃飯糰的孩子氣完全不同。這個人是如此的難以理解，如此的深不可測，但不知為何，我寧可相信吵著要吃飯糰的他才是真正的他。

「呼，連受傷都沒辦法好好休息。」韓銳勳掛上電話，朝我一笑。

我看著他，「你在工作時超有殺氣的。」

他聳聳肩，但卻牽動到了傷口，臉色霎時一白，額上滲出汗。

我連忙站起來，「痛嗎？」

「還好。」他吁了口氣，那笑容有點勉強，「沒事，別緊張。」

「真的？」

「真的。」韓銳勳溫柔而肯定地點點頭，「昨天嚇壞了吧？」

「嗯。」

但並不是因為生平第一次遇上暴力攻擊，而是因為擔心你。

「是我想得不夠周全，應該直接讓妳離開報警，就不會發生這種事了。」

他的視線停留在我手上的繃帶，頓了頓，彷彿在尋找合適的字句，一會兒才說道：「我很擔心妳。」

「我也很擔心你啊，扯平了。」

「呵。」

韓銳動沒再說什麼，我也是。雖然兩人都沉默不語，但我卻喜歡這片刻的寧靜。午後陽光從窗外射入，本來令人討厭的藥水味和過度乾淨空曠的白色空間不知從何時開始變得柔和，空氣裡流動著某種溫和而安心的感覺。

很快地我明白那感覺是什麼。

那是種平靜而放鬆的情緒，只要某人在我身邊，這種像是受保護的安心感覺就會輕輕圍繞著我。我不是很能清楚形容，但我知道，那是種很日常很日常，一點都不強烈也不熾熱的，如雲朵般輕柔潔白的幸福。

一旦感受過這種心情，就會害怕失去。

一旦感受過這種幸福，就會難以放手。

「對了，你後來跟林小姐聯絡了嗎？」

不知為何，我竟挑了個自己都不想知道答案的問題來問。

「沒有，沒什麼好聯絡的。」

「人家說不定有事找你呢。」

「她可以打去事務所約時間。」

「你是裝酷還是真的這麼冷淡？」我問道，「雖然說是前女友，但再怎麼說也是互相喜歡過，不是嗎？」

韓銳勳浮起略帶憂傷的笑。

「我跟林小姐從學生時代開始在一起十三年，佔了我生命的一半，但是，只要分了手，那就應該保持距離。我不知道別人怎麼樣，不過我喜歡凡事清清楚楚的。如果走得太近，讓彼此有所誤會，沒辦法重新開始，這樣不是更糟糕嗎？」

我靜靜聽著，心裡同時湧上各式各樣的情緒和想法。

　　十三年呢，好長好長的一段時間，一場戀愛談這麼久，好像很不容易的樣子。

「不會又生氣了吧？」韓銳勳突然問。

「沒有，」我忍不住說道，「只是好奇……」

「好奇什麼？」

「……算了，問這個超怪。」

韓銳勳似笑非笑，「好奇我跟林小姐分手的理由嗎？」

是有一點點啦。

「跟我又沒關係。」

「雖然在一起十三年，但其實很早很早就只剩友情和家人般的感覺了。後來，有個男孩子想追她，她怕我誤會，就向我解釋。那個時候我才發現，其實我早就不在意了，原來，所謂的『喜歡』，已經消逝很久了。之後陸陸續續又發生了一些不愉快的事，最後就分手了。」

「……嗯。」

「說完之後，才意識到，這是我第一次跟別人解釋我和林小姐之間的事。

就連韓銳揚也不知道那時我跟林小姐分手的真正原因。」

我沒有應答，連表示聽到了的簡單回應也沒有。

某種相當陌生的情緒在心頭起伏，那不是完全的悲或喜或什麼明確的感覺，而是有些悵然，也有些迷惘，其中還夾雜著一點點細微的開心。

悵然是因為現實生活中的愛情果然跟小說裡的不一樣，不是每個人的初戀都可以跟亮亮魚的小說一樣有著幸福結局。

迷惘則是因為，我不明白韓銳動為何和我談這些。更精準地說，當他如此自然地告訴我他的過去，我所想的、在意的，卻不是他和林小姐之間的過去，而是——他是以什麼樣的心思，帶著什麼樣的目光，把這段過去告訴我；而我，在他心裡，又是處於什麼樣的位置。

至於細微的開心……倒是單純多了，也不過就是因為他能夠坦然告訴我。

「一句話都不說，是生氣了嗎？」

「在你眼裡，我是不是二十四小時都在生氣啊？」我故意開玩笑。

「呵，」韓銳動說道，「不知道為什麼，在我眼裡的夏明芝，跟我所認識的其他女孩子完全不同。」

我聳聳肩，「那是因為代溝的關係吧。」

「所以，妳覺得所謂的『代溝』是讓我覺得妳很可愛的主要原因囉？」

呃。

等一下，現在，現在是怎樣。

剛剛韓銳動是不是說了「可愛」什麼的？

我沒聽錯吧？

他說我「可愛」？

可愛，可愛？

好吧，就算只是禮貌客套，但聽起來還是挺高興的。

哈。

□

不知道林筱如從哪裡弄到我的電話。

回家的公車上，我發現 LINE 上竟多了一個新「好友」。

真諷刺。

我按下「隱藏」，打算眼不見為淨。

那時的我並沒想到直接封鎖刪除——

這大概是我這輩子犯下的最大錯誤了。

□

下午我收到靖萱和瑋欣傳來的訊息，坐在書桌前整理書包和帶回來的講義筆記，忽然間，正在充電的手機再度發出LINE的提示音。

是林筱如，傳了圖片給我。

正確來說，應該是所謂的「螢幕截圖」，LINE的對話紀錄。

第一張圖是三天前。

——我真的好想妳。

——我也是。

——再忍耐一陣子，我就快要成功了，等我拿到股權，這場可笑的騙局就可以馬上結束，這陣子委屈妳了。

——為了寶貝的繼承，我會忍耐的。

——妳要記得我們的計畫，刺激一下那個蠢丫頭，這樣她才會早點同意結婚。

——寶貝怎麼確定我去刺激她會有用？

——妳要相信我，我看人不會錯的。

——嗯，我相信寶貝。

第二張圖是兩天前。

——早上起床時，看著妳熟睡的臉，覺得太幸福了。

——謝謝寶貝，最喜歡靠著寶貝的胸膛入睡。

——有妳在我身邊，我一定能搞定那個蠢丫頭。

——寶貝別太勉強了，就算沒辦法提早繼承，我也一樣愛你。

之後是林筱如傳來的訊息。

——我很努力不讓妳受傷，不過妳好像沒把我的話放在心上，只好出此下策。我是為了妳好，不希望妳被騙。我應該要站在銳動那邊才對，但是我實在不忍心看妳這樣傻傻的投入感情。看清楚，銳勳愛的始終是我，妳還是放棄吧，不然痛苦的只是妳自己。

我重複看著林筱如傳來的訊息和截圖，水霧在我的眼中凝聚，接著落下。

我知道我跟韓銳勳之間本來就建立在利益上，只是隨著時間過去，我以為他可能會和我一樣有所改變，不，就算沒有改變，但至少也能理解我的真心。然而，這兩張截圖像是磨得閃閃發亮的長矛，筆直而精準地刺入我的心臟。

一瞬間我疼得無法呼吸，腦袋裡一片空白。

韓銳勳，原來你是這樣看我的。

我終於明白，十七歲的自己究竟有多幼稚，多天真，多傻。

韓銳勳在對話裡說得沒錯，我是蠢丫頭。還傻傻以為，自己的心意能好好地傳遞給他。事實上，即使傳遞了又如何？對他而言，那不過是多餘而沒必要的情感，接過後可以隨手拋棄。

我閉上眼，把手機往桌上一扔。

想起剛剛在醫院裡的韓銳勳，昨天捨身救我的韓銳勳，之前總是在我身邊打轉的韓銳勳——原來一切不過是個局。說到底還是為了錢，說到底像他那樣完美無缺的人跟我這樣的醜小鴨本來就不可能，說到底就是我傻，我蠢。

說到底，我就是喜歡上這樣一個毫不在意傷害我、甚至利用感情的人。

我想此刻的自己應該要憎恨，要憤怒，但佔據我心頭的卻只有強烈的痛楚，撕裂著我的一切，悶痛像是火般燃燒，漸漸蔓延，終於，把我吞噬。

□

那天之後我換回了自己原本的門號和古董手機。

雖然很古董，但至少還有黑名單功能，可以阻擋任何不想接的來電和訊息。

家裡的電話響過好幾次，我充耳不聞，後來偷偷拔掉電話線，好在老爸老媽工作很忙，而且現在大家都用手機聯絡，沒人留意家用電話變得異常安靜。

□

靠在走廊欄杆旁靖萱跟我一起看向操場。

雨天的操場沒什麼人活動，PU跑道上的雨水彈跳出高高的水花。

因為大雨的緣故，天色非常暗，明明就是中午休息時分，卻像極了傍晚。厚厚的雲層籠罩天際，雨水像是跟地面有仇似地嘩啦衝擊而下。

雖然一想到下雨天就覺得麻煩，但我其實非常喜歡雨水的味道。特別是混合著植物的那種（好吧我承認我很怪）。

「欸，」靖萱含著不知哪來的球形棒棒糖，含糊地問道：「妳跟那個律師大叔最近怎樣了？他好幾天沒出現了。」

他應該還在醫院裡，才貌雙全的女朋友正甜蜜蜜地照顧著他。

當然我想他為了找不到我而焦急，因為我等於他未來的股份。

「沒怎樣啊。」

無論如何也很難親口說出「我真的喜歡上這個騙子但原來一切都是假的」這讓我自尊嚴重受損的真相。

「是嗎？可是我看妳好像這陣子心情都很不好耶，常常忘東忘西的，跟平常的妳一點都不像。」

「妳想太多。」我說。

靖萱從裙子掏出另一根棒棒糖，塞進我掌心，「喏。」

「嗯？」

「妳最愛的草莓口味喔。」

「哈，謝謝。」

靖萱看著操場，「明芝啊。」

「嗯？」

「我還是覺得妳不對勁。」靖萱目光轉向我，吮著棒棒糖，「我是沒資格給妳什麼意見，可是啊，有什麼不開心的，說出來會比較好喔。」

「哈，還好啦。」我聳聳肩，想裝出「我很好」的樣子，但卻扯不動嘴角。

靖萱瞅著我一會兒，「我覺得妳跟大叔一定發生了什麼事。不過妳不想講我也不會勉強，我知道妳的個性，等妳想說時再說吧。」

「謝謝。」現在我能說的，也只有這兩個字而已。

靖萱伸手攬住我的肩膀，「開玩笑，我們可是姊妹啊。」

「還姊妹哩。」

「不過——」

「嗯？」

「如果妳跟律師大叔真的吹了，要不要重新考慮我哥啊？再怎麼說，他還是挺優質的嘛。」靖萱眨著大眼睛，古靈精怪。

「靖南哥的身價非凡，我高攀不起。」

長得帥的男生全都是禍水！

我這輩子絕不再理任何靠臉吃飯的王八蛋！

雖然靖南哥你是無辜的但我一樣不會理你！

不管是該死的韓家兄弟靖南哥還是CappuLungo的臭臉帥氣店長，任何長相好看的男人我統統都討厭！

——可是好奇怪，明明感到無比憤怒，為什麼淚水卻忽然不聽使喚的，就這樣滾落？

「欸！夏明芝妳是在哭嗎？」

我連忙摘下眼鏡，用手背抹去淚水，「雨水啦。」

「妳的意思是剛剛酸雨這麼精準地穿過屋簷越過眼鏡打中妳眼睛？！」

「不行嗎？」我吸吸鼻子。

靖萱有點擔心地看著我，「……妳真的很不對勁。」

「一定是因為最近就要模擬考然後我什麼都沒念，壓力太大的緣故。」對不起啊靖萱，我就是沒辦法爽快地把心情說出來，對不起。

「最好是！明明就是視考試如浮雲的夏明芝最好會有考試壓力。」靖萱嘆了口氣，說道：「妳這樣會害我很想去痛揍那個律師大叔。」

「不、不——」我咬咬唇，「不關他的事。」

是啊，沒錯。

他沒做錯什麼，不過就是努力爭取他想要的提前繼承權而已。

是我自己蠢，太容易就被打動，太容易就會心痛。

重新望向灰濛一片的天空，低矮而顏色混濁的雲層就像我此刻的心情，潮濕的風翻動著空氣，近乎於藍色的雨絲裡，夾著寒意與某種孤寂。我伸出手，雨水在我的掌心只稍停了一會兒便從指縫流逝，剎那間有些錯覺，彷彿從我掌心中轉瞬即逝的不是藍色的雨，而是我那短暫且沒有人需要的喜歡。

□

——妳怎麼會來？

——這還用問，當然是來照顧你的。

——不用了，我沒很嚴重。

——雖然只是骨折手術，但還是需要人照顧的。

——真的不用了，如果需要，我會請看護。

——銳勳，你還是要這樣拒我於千里之外嗎？

——我說過，我們還是朋友。

——我不要！為什麼只能是朋友？以前我們那麼快樂，你完全忘得一乾二淨了嗎？

——妳也知道那是「以前」了……

——你還在為了那件事生氣，對嗎？我跟你道歉，不管你要我道歉幾次都可以，當時是我太過分，求求你，別再生氣了。

——筱如，我並沒有為了那件事生氣。已經都過去了，人要往前看。

——既然你已經看淡那件事，為什麼不能跟我重新開始？

——沒有為什麼。

——你說啊，給我一個理由，我要知道為什麼。明明我們在一起的時候是那麼快樂，那麼幸福。

——妳一定要逼我？

——逼你？你本來就欠我一個答案。

——……好，既然妳這麼想知道，那我就告訴妳：因為，我對妳早就沒有愛情存在了。

——你……你再說一次！

——妳從來都不覺得，我們之所以成為一對，完全只是順應著大家的期盼嗎？大家總是想看到王子跟公主在一起，在一起之後也只允許像童話裡那樣幸福。但現實並沒有這麼容易。

——你是什麼意思？跟我在一起其實一點都不幸福，是這樣的嗎？

——我們曾經幸福過，可是那時間很短。妳如果一定要我說，我就直說，妳給的，一直都不是我想要的。後來發生那件事，只是更加證明，我如果不做個了斷，只是在浪費彼此的生命而已。這樣說得夠清楚，妳夠明白了？

——韓銳勳，你很殘忍。

——我並不想。

——你佔據了我生命最重要的部分，然後你告訴我，我給的幸福你不想要？！你怎麼可以這樣對我？！

——難道，妳真心覺得，我一直假裝彼此之間一點問題也沒有，戴著幸福假面跟妳走下去，這樣會比較好？

——對，我寧可這樣。假象沒有什麼不好，也許有天弄假會成真。

——筱如，這就是我跟妳最大的不同。我沒辦法，如果對自己都無法誠實，我不知道要怎麼跟妳相處下去。我知道我讓妳失望了，對不起。

——我給出去的感情，並不是一句對不起就可以一筆勾銷的。

——我知道。但是，此時此刻，我能說的也只有這三個字。

——韓銳勳，我會讓你付出代價的。一定會。

□

「嘿，未來大嫂。」

一出校門就見到和初次見面時打扮得一樣花枝招展的酒店咖，不，韓銳揚。

靖萱和瑋欣看了我一眼，極識時務地自動退了開。我跟她們揮揮手，靖萱用力拉著還想說些什麼的瑋欣走開了。

我在心裡默默嘆了口氣，走向韓銳揚。

該來的總是會來，不過至少不是那個無良訟棍本人來，免得我當眾揮拳。

「聽說妳搞失蹤。」我還沒開口，韓銳揚便單刀直入，「我哥快瘋了，妳知道嗎？」

「就快到口的肥羊搞失蹤，是該緊張沒錯。」我冷冷地說道。

他皺眉，「他在醫院坐立難安，如果不是醫生跟我一起架住他，他早就衝出醫院找妳了。」

「你說錯了。他要找的是還沒繼承的股份吧，怎麼會是我。」

「發生什麼事了？」韓銳揚定定望著我。

「沒什麼，只是一個蠢ㄚ頭看清現實而已。」我以極平靜的語氣說道，「麻煩你轉告韓大律師，等他傷好，我們就趕快結婚吧。」

韓銳揚以不可置信的神情瞪著我，「妳知道自己在說什麼嗎？」

「如果他趕時間的話，跟醫院請個假早點去登記也可以，但是記得，該給我的錢和房子，一分都別想少。」

「到底發生什麼事了？妳怎麼會突然說這些？錢、房子？」

「細節你不用知道，如實轉告就可以了。哪天他有空了要辦結婚，再請你告訴我就好。」我頓了頓，「還有，再替我轉告一句『他沒去當演員真是太可惜了』。」

語畢，我轉身要走，但韓銳揚一跨步跟了上來，拉住我，「我不要傳這些話，妳去醫院見他，當面說。」

我奮力甩開，「你不想傳可以不要傳；至於我，是不會去見他的。」

「妳跟我哥之間到底出了什麼事？他手術完那天不是還好好的嗎？」

「你為什麼要多管閒事呢？我哪裡做錯了？」我不耐煩地說道，「我這不是完全符合你哥的期望嗎？多好！還有什麼不滿意的？」

韓銳揚嘆口氣，「……這些話，妳該當面跟我哥說。」

「沒什麼好說的。總之，他想結婚，OK，我奉陪。之前他提出的條件請準備合約吧，我想堂堂大律師，合約方面的處理就不必我擔心了，是吧？」

「別說了，走，跟我去醫院，妳自己跟他說。」韓銳揚再度拉住我。

我也再度甩開，「幹嘛老是讓我重複同樣的話？我不去！還有，這裡可是我們校門，只要我呼救，校警和教官不會坐視不管的。」

韓銳揚重重地嘆了口氣，「好，我知道了，我再跟妳聯絡。」

我沒應答，轉身快步離去。

□

從學校回家並不算非常遠，搭公車大概二十多分鐘。

我坐在公車上，抱著沉重的書包，看著窗外。

書包裡的超古董手機非常安靜，沒有任何人找我，很好，我也不找任何人。

後方的座位有兩個大嬸正在聊天，公車上每隔一會兒就響起停靠站廣播，從車窗看出去，街景跟往常沒什麼不同，只覺得天色暗得快，整座城市彷彿沾染上一層帶著鈷藍色的灰。不過，也許染上灰的是我自己，所以眼裡的景色才會變得灰藍一片。

□

從公車站牌走回家裡的路上天空再度灑下雨絲，我加快腳步，好險雨並不算太大。就在我快靠近社區門口時，那輛眼熟的黑色凌志以「老子我就是想撞死人」的拙劣技巧橫衝過來。

待車停好，從駕駛座跳下來的並不是原來的車主，而是韓銳揚。原來你這麼不會開車，難怪平常都搭捷運。

「上車。」韓銳揚以命令的口吻說道。

「不要。」

「快上車。」

「我不要。」

「怎麼這麼固執？」

「就是這麼固執。」我看著他，「你幹嘛滿臉通紅渾身是汗，車上沒冷氣啊？」

韓銳揚一臉「都是妳不好」的表情，抱怨道：「妳知道我開多快嗎？我他媽這輩子第一次到第五次闖紅燈全用在妳身上了！自己都嚇得一身冷汗。好了這不重要，快上車。」

「說了不去醫院不見你哥。而且就你這技術，你敢開我還不敢坐呢。」

韓銳揚終於也瀕臨爆發（？）邊緣，「……妳這丫頭脾氣怎麼這麼硬，真不懂我哥到底喜歡妳哪一點。快點上車！」

我更火了，「我就是不上車！而且——他、才、沒、有、喜、歡、我！」

「——誰說我沒有？」

□

後來，韓銳揚把我丟上副駕駛座，一面點菸一面逕自走開。手上還固定著夾板和石膏的韓銳動有些吃力地坐上駕駛座，用右手拉上車門。雖然說不是致命傷，但看著他冷汗涔涔的樣子，也知道這些動作還是相對吃力。

韓銳勳按開了音響，是似曾相識的英文老歌，非常輕快，歌詞並不很困難。

我靠著車窗，靜靜地聽著。

I told that girl I can start right away,
And she said, "Listen baby I got something to say,
I got no car and it's breaking my heart,
But I've found a driver and that's a start"……

太過於輕快，一點也不適合此時此刻，只覺得讓人心煩意亂。

我煩躁地伸手想按掉但卻不小心亂按成冷氣還什麼的，韓銳勳伸手想替我按停，但沒想到他卻也同時按住我的指尖。

我反射似地縮回手，不知是不是我看錯，他眉目間竟閃過一絲失望。心跳忽然變快，後悔關上了音樂，車裡的空氣瞬間凝滯，他和我的呼吸聲清晰可聞。

「……我想知道，究竟發生什麼事了。」韓銳勳神情相當平靜，只是臉色有些蒼白。

「沒什麼事。我決定配合你的計畫，爽快結婚，就是這樣，高興了吧？」

「——這麼討厭我嗎？」

「我不是答應結婚了嗎？」

「因為不想要我繼續追求妳，所以才答應的，不是嗎？」

一瞬間有點火大。

「理由是什麼重要嗎？重點是我說好結婚吧，這樣就可以了吧？」

韓銳動聞言竟然搖了搖頭，「不可以。」

「什麼？」

喂大叔你現在是怎樣？！

之前說什麼也要想辦法騙我結婚的是你耶；好，現在我自願了，你又跟我說不可以；你這是在耍我嗎？！

他深深地看著我，「……不希望我繼續追求妳的理由是什麼？又是什麼強大到讓妳可以放棄之前很堅持的『先戀愛再結婚』原則？」

我沒好氣地答道：「你管這些做什麼？你的目的已經達到啦，我OK可以結婚了，交易順利完成，這樣就夠了，不是嗎？」

「我要知道理由。妳之前那麼堅持，現在卻忽然放棄了，我不能理解。」

「你要理解這些幹嘛？你只要能拿到股份就好啦。」

「因為我在乎。」韓銳勳眼神如寒冰般，透著一股我無法理解的情緒。

「——別再用這種眼神騙我！」我脫口而出。

「騙妳？」韓銳勳整個人一震，聲音竟有點啞，「我騙妳？」

我冷冷地注視著他，想從他那張俊美的臉上找出一點蛛絲馬跡。

「難道不是嗎？你根本就不是單身，明明就跟林筱如在一起。不過無所謂，反正我們談的是利益，是條件，你愛怎麼樣就怎麼樣。」

韓銳勳臉色從蒼白轉為鐵青，「我沒有跟林筱如在一起。」

我極不屑地哼了一聲，「說真的我覺得你很爛，你要是有本事，就想辦法光明正大說服我結婚，一邊裝深情靠近我想用騙的，另一方面又要自己真正的女朋友躲在暗處裡等你，你真的很過分。」

韓銳勳寒著臉，低低迸出一句，「是誰說林筱如是我女朋友的？」

我挑眉，「你自己。」

「我自己？」

「若要人不知，除非己莫為。」

韓銳動臉色更難看了，幾乎用吼的，「妳說，我做了什麼怕妳知道的事，妳說！」

「你這個人真是不見棺材不掉淚耶。」我忍不住提高音量，「非要我講清楚是嗎？好啊，我就講，你自己回想一下你這陣子都跟林筱如傳了些什麼訊息，仔細想。」

韓銳動哼的一聲，「不必回想，我沒和她傳過任何訊息，她根本就不知道我現在用的手機號碼。」

「雖然我不聰明，但是LINE這種東西，沒有手機號碼一樣可以加好友，少裝蒜了。」

韓銳動焦急地翻出手機，滑開，扔給我，「妳檢查，妳自己看，我的好友列表裡根本就沒有林筱如。」

我看都沒看就塞還給他，「來找我之前先刪掉，也不是什麼難事。」

「……是誰跟妳說我有傳訊息給林筱如的？」韓銳動明顯地深呼吸著，他額上盡是冷汗，顯然剛剛翻找手機的大動作又牽動到了傷口。

「是誰並不重要。」我冷道。

韓銳勳持續深呼吸著，半晌，看向我，「——不會是林筱如本人吧？」

「對，沒錯，她把你們的對話都截圖給我了。很抱歉證據現在我沒帶在身上，不過我對那些訊息印象非常深刻。」我瞪著韓銳勳，**「再忍耐一陣子，我就快要成功了，等我拿到股權，這場可笑的騙局就可以馬上結束，這陣子委屈妳了。**之類的。可笑的騙局是嗎？你幹嘛這麼辛苦呢？」

「我再說一次——我沒跟林筱如在一起，也沒有傳過任何簡訊或者LINE的訊息，而且我並沒有必要騙妳。」韓銳勳寒著臉，「至於所謂的『螢幕截圖』，那種東西要假造根本就太容易。」

我一怔，「……什麼意思？」

韓銳勳眼裡寫滿了哀傷，注視我，無奈且無力地說道：「……妳相信林筱如，多過於相信我嗎？」

如果這是演技，那麼勞勃．狄尼洛和湯姆．漢克都比不過。

剎那間我動搖了，不只因為他那寫滿傷鬱的眼神，也因為自己並沒有查證過便完全相信了林筱如的片面之詞。

仔細想想，那些訊息並不像韓銳勳平常的口吻……

而確實，我也從新聞上看過 LINE 或其他訊息造假的新聞；印象中，我甚至還看過靖萱的 iPhone 有裝一個「假訊息截圖產生器」！

「你……」我幾乎說不出話，「沒有騙我？」

韓銳勳失落而受傷地望著我，半晌才開口，「我說過，如果只是為了提早繼承，我還有更多更直接的方法。」

我咬著唇，無言以對，但內心卻無比翻騰。是嗎，是這樣嗎？林筱如拿假截圖騙了我？而我就這麼呆呆的相信了？還是，眼前的韓銳勳以完美的演技企圖圓謊？想要挽回我？

韓銳勳別過頭，重重地，放棄似地呼出一口氣。

我想說點什麼，但什麼也想不到，腦海裡一片空白，完全不知該如何是好。

我應該要道歉的。仔細想想，如果韓銳勳真的只把我當作得到股份的工具，他又何必為了保護我而受傷？我又怎麼會，這麼不相信他？

不知過了多久，韓銳勳彷彿深思出什麼結論，再度開口。

「我沒想過，原來自己在妳心中這麼無法信任。既然如此，我也不想再勉強妳。結婚的事，就算了吧。」

□

——哥，傷口很痛？

——還好。

——但你臉色超恐怖。

——少囉嗦，專心開車。

——不是，我從來沒看過你這麼可怕的神情，沒事吧？

——沒事，你給我好好開車。

——看著你這種表情我專心不了啊。

——不然你指望我在這個時候還笑得出來嗎？

——雖然我不知道你和眼鏡丫頭談了什麼，但我剛剛看到她是哭著回家的。

——……她哭了？真的？

——真的。一邊擦眼淚一邊捏著書包上的娃娃走進家門。

——那是拉拉熊，不是娃娃。

——你竟然知道那是什麼東西……

——你知不知道你剛剛又闖了一次紅燈？

——什麼？！真的？！該死，所以我就說我不要開車了嘛！

——你之前說，去學校找她的時候，她非常生氣？

——嗯啊，完全抓狂了。

——我有沒有跟你說過，我當初為什麼跟筱如分手？

——你有講一個我至今無法相信的理由。

——是嗎。

——幹嘛突然提這個？

——因為我現在想告訴你當時分手的真正理由。

——可以不要嗎？我在開車耶，萬一分心會出事的。

——沒關係，反正你保了超高額壽險，我知道。

——為什麼你連這個都知道？！

——現在這些都不是重點。我要開始說了。那個時候，有個男孩子在追筱如，而筱如也跟那個男生在一起，但她很快就後悔了。

——什麼？！你被劈腿？！

——沒錯。不過後續才是分手主因。

——快說快說，好刺激。

——她後悔了，也坦白跟我說她會好好處理。那時的我並沒有很生氣，反而只是意識到，我對她的感情其實已經相當淡薄。但是，之後某一天，我接到了一通電話，是那個男的打來的。

——不會是要約你談判吧？

——總之，我跟他見了面，但愈談愈覺得不對勁。後來他給我看了手機，筱如傳了許多對話紀錄的截圖給他，大部分都是一些我對筱如言語暴力的對話。

——你？！

——那些都是假的。別忘了筱如是學設計的，P圖改圖對她來說輕而易舉。從那個時候開始，我就真正死心了，我沒辦法再面對她。

——天哪……哥，你怎麼能忍這麼久不講？

——有很久嗎？到現在為止也不過一兩年吧。

——那你今天為什麼又突然提起筱如姊的事？

——因為我沒想到，她對明芝也做了同樣的事——喂喂，韓銳揚你開車要看路啊！

07

如果有「史上最愚蠢女高中生選拔賽」，我相信自己就算拿不到冠軍至少也有前三。就在剛剛，我對著浴室的鏡子發呆，一面看著鏡子裡哭腫的雙眼，一面無意識地洗著眼鏡；然後，就在回想起韓銳勳那受傷的眼神時——

啪！

之後，經過一兩個小時的折騰，我證明了幾件事：

一，用白膠黏鏡架是個很愚蠢的行為。

二，韓銳勳雖然無辜但一樣是個禍害，無庸置疑，這絕對會是他在歷史（？）上永恆的定位。

三，至於我的歷史定位，當然就是有史以來最蠢的女高中生。

四，用固定圖畫紙的米白色紙膠帶來黏鏡架雖然是醜了點但還算牢靠。

五，原來我的力氣大到足以折斷壓克力鏡架。

六，這一定是我寧可相信別人也不相信韓銳勳的報應。

黏完眼鏡後，我呆呆地坐在床上，那支關機已久的智慧型手機就放在我面前。此刻的心情非常非常不可思議而奇妙，同時也覺得自己相當可怕。理論上應該萬分悲傷，自責怎麼可以不相信韓銳勳的我，卻發覺自己有那麼一點點小開心。

原來他沒有騙我；原來他跟林筱如真的沒什麼；原來當我誤會他，他會難過，所有的一切帶給我的竟然是小小的開心（天哪我好變態）。我一向都知道人總會有自私而殘忍的時刻，沒想到我自己是在此時此刻證明這點。

當然，並不是全然的開心。

一想到韓銳勳最後的那句話，我的胸口還是隱隱作痛。他那失望的神情，像是刀一樣在我心上來回刻劃著，而我卻從他的傷痛裡獲得了肯定而確切的答案，關於他，關於我自己，的答案。

於是我打開了智慧型手機，等著LINE把這幾天的訊息全跳完後，打了一通電話。

□

這是我第二次走進律師事務所。

身為一個專業（？）的高中生，理論上應該跟律師事務所八竿子打不著才對。

但，那只是理論上。

豪華且帶著光澤的淺色大理石牆面上有著雅致的灰色壓克力字：Y&K國際律師事務所，底下還是一樣印著英文、日文、不知是法文還德文各一排小字。

站在黑色玻璃櫃檯前方，我努力想鎮定下來，我想這地方不管我來過多少次，應該都沒辦法習慣。

「妳好，請問有什麼可以為妳服務的？」

今天開口的是一位濃妝大波浪小姐，她的假睫毛只要再動個兩下我就能感受到微風，她和上次的膠框小姐一樣，在看到我的學生制服後，眼中透出了疑問。

「妳好，我跟韓銳勳律師有約，下午四點半，我姓夏。」

「請稍等一下——」濃妝大波浪小姐用鑽滿水鑽的光療指甲在平板電腦上點了點，確認了預約後揚起笑容，「預約了『婚姻諮詢』的夏小姐，對嗎？」

濃妝大波浪大概以為平板電腦上的內容有誤，以相當懷疑的口吻確認著。

我點點頭，「是婚姻諮詢沒錯。」

她揚起禮貌而冷淡的笑，「請跟我來。」

雖然並不是第一次走進韓銳勳的辦公室，但做夢也沒想到今天的自己，跟幾個月之前造訪時所懷抱的心情會完全不同。雖然說世事難料，可是像這種發展，就算我再怎麼聰明，也不可能預料得到。

何況，我根本就是個笨蛋。

我進房時，韓銳勳還正在講電話。

——我再說一次，和解可以，但至少得再等三個月。如果就這麼輕易開始談判，我敢保證到時徐太太拿到的和解金連付一半的律師費都不夠！

——對方這麼積極聯絡就代表著他們想速戰速決，既然如此，我們當然要反其道而行，讓他們像熱鍋上的螞蟻，直到他們被逼急了，開出好價碼為止。這道理你不會不知道吧？

——先暫時這樣，我有客人，晚點再跟你詳談。

掛上電話後，韓銳勳就像第一次見面那樣，從他那張除了華麗之外完全不知該如何形容的大理石書桌後站起，也和那天一樣一起身就扣上西裝鈕釦，唯一不同的是，他今天並不像那天掛著笑容。

我評估著韓銳勳的表情，冷冷的，但應該不至於處於憤怒或什麼樣的極端情緒。他來到我面前，淡然而有禮地比比沙發。

「請坐。」

我揪著書包上的拉拉熊，聽話地坐了下來。

「嗯咳。」他依舊快速地解開西裝再坐下，清了清喉嚨，仍板著臉，「夏小姐今天是預約了婚姻諮詢是嗎？有什麼我可以幫上忙的？」

「我、我……」一開口才發現聲音極乾澀難聽，換我清了清喉嚨，才開始，「事情是這樣的，因為我太蠢，所以惹我未婚夫生氣了。然後啊，這幾天我非常認真地反省檢討，知道是自己不好，太笨又容易被騙，所以才會誤會他……」邊說，我邊觀察著韓銳勳的反應。

韓銳勳還是板著臉，「請繼續說，我在聽。」

「他氣得要跟我解除婚約，但是我不想。」完全只能硬著頭皮豁出去啊可惡，我鼓起勇氣，直視著韓銳勳，「我希望，能夠挽回他。」

韓銳勳沉默了一會兒，咳了一聲，開口，「兩個人要在一起，信任是很重要的。如果以後又有類似的事發生，那怎麼辦？」

「無論如何，我都會先聽聽他怎麼說。這次我最錯的就是，根本沒先跟他求證就認定是他不好。不過，那都是因為我太難過了，在那麼傷心的情況下，真的沒想那麼多。」

韓銳勳也深深回望著我，「因為太難過嗎？」

我點點頭，「那時以為，第一次真心喜歡的人竟然是大騙子，非常非常難過。難過到心都要碎了，不，是真的碎了喔。」

「那妳知道，妳未婚夫因為被妳懷疑，所以也心碎了嗎？」

呃呃，我就知道你會這麼說。

「嗯，我知道。但是，他的難過，讓我更喜歡他了。真的喔，我是認真的，看著他為我難過，我終於能肯定他的心了。」

韓銳勳聞言再度沉默，過了許久，他突然身體前傾，伸手用力捏了下我的臉，「妳喔……」

我瞪大眼，「不生氣了？」

「妳腦筋這麼差這麼好騙，能當律師夫人嗎？」韓銳勳終於笑了。

「律師夫人又不需要辦案，只要在家養貓就行了吧？」

「不是說討厭貓嗎？」

「開玩笑的嘛，小氣。」

「別嬉皮笑臉，妳未婚夫是有權跟妳要求精神賠償的。」韓銳勳縮回手，往椅背一靠，邪邪笑著，「夏小姐應該有心理準備吧？」

我再度用力捏了捏拉拉熊，站起身，以明亮的聲音說道：「有！」

接著，以我這輩子最驚人的速度以及勇氣外加最厚的臉皮飛快地在韓銳勳臉上吻了一下。然後帶著超級紅的臉坐回沙發，低著頭不敢看他，只能聽著自己快要破表的心跳。

「咳咳，」韓銳勳故作嚴肅，「這賠償也太沒誠意了，身為妳未婚夫的代表律師，這和解條件我不接受。」

「那、那……那還要怎樣嘛？」都已經沒臉見人了你不要太過分！

這時，換韓銳勳起身，他伸出右手拉起我，一使力，我便跌入他懷中。

「欸，」韓銳勳的聲音十分輕柔，在我耳際輕輕低語，「記不記得，之前妳打過妳未婚夫一耳光？」

「喔唷！小心眼。」

韓銳勳緊緊擁著我，柔柔地說道：「身為他的代表律師，我想我有權要求妳用一輩子來賠償。」

「……不知道啦。」這麼害羞的問題要我怎麼回答。

「啊，對了，還有……」

「還有？」

韓銳勳用沒受傷的右手，抬起我的下頦，端詳我好一會兒，才說道，「上次在我家的吻，要取消。」

我臉上一紅，「取消？」

「那次只是故意開妳玩笑，」韓銳勳低頭，緩緩貼近我，「這次，才是正式來。」

給親愛的妳：

雖然比妳年紀大了一截，但戀愛經驗並沒有多多少。

老實說，我並沒有跟女孩子告白的經驗。

我想這封信會是第一次，也是最後一次的告白信。

不知道妳相不相信「一見鍾情」。不過不管信不信都好，至少要知道，第一次見到妳時，我就已經對妳留下極深極深的印象了，說鍾情太誇張，但難以忘懷卻是真的。妳是那麼的清秀動人，就連皺眉的樣子也好看至極。當時的我對於自己的反應相當無法理解也不能接受，甚至懷疑自己是不是有點問題——怎麼會對一個小妹妹產生這種心情呢——自己都覺得很詭異。

第二次見面，在事務所裡，我其實沒很專心聽妳說話，只顧著觀察妳、欣賞妳，原來在妳激動時捏吊飾的樣子也那麼討人喜歡。本來覺得爺爺提的這樁婚事根本在為難我，但因為是妳，所以我改變了想法，決定試試看。

股份什麼的從來就不是我在意的部分，那只是一個想接近妳的完美藉口。帶妳去看的那間房子當時還不是我的（放心我已經買好過戶），只是有朋友託我出售，就拿來當作初期道具。也許妳會覺得我有些心機，這我不否認，我本來也就不是什麼浪漫派的白馬王子。但是為了妳，我可以做更多——只要妳想，只要我可以。

妳總是說看不出我到底喜不喜歡妳，我在這裡正式回答——太喜歡了，以致於我已經變得不完整，沒有妳，我無法完整。

很多女孩子會問男生，會不會為了她放棄世界。我想妳不會這麼問，因為妳是如此與眾不同，但我仍然準備好了答案：

我不會為妳放棄全世界；而是，把世界帶到妳面前……

妳說那天在沒水的噴水池前，只有妳告白這樣很丟臉；可是妳並不知道，在每個日日夜夜，「喜歡妳」這三個字早就成為我的一部分了。

08 他與她的日常

之一

「韓律師，這是您訂的書。」

「喔好，謝謝，放在桌上就可以了。」

「需要幫您拆開嗎？我可以順便把紙箱拿去回收。」助理問道。

我連忙抬頭，搖搖手，「不用，我自己來，妳可以出去了。」

要是讓助理看見我買的是這種書，我大概也不用混了，一定會成為事務所笑柄。上次買愛情小說也是，好險大家以為是韓銳揚買的，不然我辛苦建立起來的威嚴完全就毀於一旦。

已經工作半年但到現在我還記不住名字的助理微笑點頭，聽話地告退。「好的。我先出去了。」

等助理關上門後，我把手上的資料暫時放下，起身走到桌邊，把網路書店寄來的紙箱打開——《魔羯座的戀愛記事》、《如何追到魔羯情人》、《就愛魔羯座！你所不知道的魔羯小秘密》。老實說，本本都長得很醜，但是沒關係，重點是內容……糟了，怎麼看沒幾頁就有點想摔書？

我隨意翻了翻，發現這幾本書騙錢的成分居多，不過就在我打算放棄時，有段文字躍入我眼中。

魔羯們的愛很內斂，要確認魔羯的愛，需要透過這些方式——

1、無微不至的關心，但卻從不強求。

2、願意做任何事，只要你要，只要他有。

3、在你面前變得像個孩子，你的一喜一怒他都會為之動容。

4、不會輕易說甜言蜜語，但會讓你的生活裡充斥著他的愛。

5、真的愛上了，在他的眼裡你就是整個世界。

嗯，好吧。至少這段話不是在騙錢。

我闔上書，有種還是靠自己比較實在的覺悟。

之二

老實說我並不是很喜歡星巴克這種店，但要是約筱如到自己常去的CappuLungo，感覺更加奇怪。

坐在二樓窗邊，我想起以前曾跟筱如來過這家星巴克，那時的她哭著跟我說，她不小心跟某個人走得太近，求我原諒——

「等很久了嗎？」筱如一身白洋裝，拎著深紫色的大皮包在我面前坐下。

「拜妳所賜，我跟明芝反而確定了彼此的心意。」

筱如嘴角抽動著，她大動作地翻著皮包拿出菸叼著，沒點。

我繼續說道：「我本來以為我們還可以是朋友，不過現在我明白了，也許我們正是那種分手後最好永不相見的類型。這樣對妳，對我都比較好。」

筱如看向窗外，一會兒，才移回視線，她用食指和中指夾著菸，「韓銳動，你從來沒喜歡過我，對吧？別說愛，連喜歡，都沒有，對吧？」

「我喜歡過妳。」

筱如用夾著菸的手指揉了下鼻子，那是她的老習慣。「但是我卻從來沒有感受到。」

「……在我跟妳之間，我想我還是欠了妳不少。」

「我以為你是要來追究我造假。」

「沒有什麼好追究的。明芝和我都覺得，那也許正是一個考驗，甚至契機。」

「你知道這話對我來說聽起來多諷刺嗎？我的作戰計畫搞了半天對那小丫頭來說竟然是『契機』？這根本是在羞辱我吧。」

我不禁嘆了口氣，「我只能說，希望妳別這麼想。也希望，妳能重新找到自己的幸福。」

筱如哼了一聲，再度叼起菸，過了一會兒才說：「我想這幾年內你都別想聽到我的祝福。」

「沒關係。」

「但是，」她頓了頓，再度看向窗外，彷彿對著玻璃映照的她自己說話，「也許有天，我會放下。」

我點點頭，起身，「多保重。」

筱如沒應答。

玻璃反照著，她眼裡的淚珠潸然而下。

之三

「怎麼回事，哥竟然會找我出來喝酒？」韓銳揚一坐下就開始點菸。

我哼了一聲，「不想喝可以不要來。」

「別這麼說嘛，我覬覦你那支 Rémy Martin 很久了。」

「是嗎？」

「是啊。不過，怎麼會這麼好興致？」

「有件事想問問你的意見。」

「問我？」

「嗯。」

韓銳揚笑了笑，「如果是法律相關諮詢的話我就要開始計時囉。」

「不好笑。」

「好啦，不鬧你了。哥是想聊什麼事？」

「明芝明年六月就畢業了，你也知道她想學畫畫，想當動畫師，但是在台灣比較沒機會。如果送她去日本念語言學校，再待在日本學動畫，對於完成她的夢想會比較有幫助。不過……」說出來實在很丟臉，我想了想，決定用比較中性的說法表達，「我不放心她一個人去日本。」

韓銳揚彈了彈菸灰，呼出一口白霧，慢條斯理地開口，「首先，我完全不知道未來大嫂想當動畫師；再者，我覺得哥不是不放心未來大嫂人在異鄉孤苦伶仃，應該是說，哥根本不想跟她分開吧，嗯？」

我哼了聲。「我覺得這支 Rémy Martin 還是我自己慢慢喝就好。」

「不承認沒關係啊，那你就花錢替她把一切都安排好，直到你放心為止，這樣不就好了。」韓銳揚笑道，「不過呢，我想，花再多錢，哥應該也安心不了吧。以哥的個性，才不會想讓未來大嫂離開哥身邊，對吧？」

「煩死了，現在重點是她的前途，要考慮明芝想做的事，我應該要幫助她實現夢想才對。」

真的好煩。不能選個在台灣就能解決的夢想嗎?不過，身為一個男人，不能這麼任性小氣，應該要幫助喜歡的人做想做的事才對。

韓銳揚舉起酒杯，淺酌一口，「……話說回來，我覺得哥每次只要碰到未來大嫂的事，腦筋就會變得格外不靈光。」

「什麼意思？」

韓銳揚擰熄菸，往前一坐，說道：「哥忘了？爺爺他老人家不是一直希望我們倆其中一個到日本去負責 Y&K 東京分部的業務嗎？何況，你當年研究所就是在東大讀的，語言和生活都完全沒問題，不是嗎？說真的，你們小夫妻一起過去日本不就好了？我們家在輕井澤和白金台都有房子，這也不記得了嗎？」

「經你提醒，好像是這樣。」

我故作冷靜地應答，心裡卻大叫著：對耶，我真的完全忘光了。

「嘖嘖，連這都想不到，眼前這位先生真的是我們 Y&K 令人聞風喪膽、法律界人稱『鐵筆玉面零敗訴，刑民財金百案通』的韓銳動大律師嗎？怎麼一遇到那個眼鏡丫頭，就完全失去判斷力了？看來愛情的力量，果然很強大啊——欸欸，你搶我杯子幹嘛？也太幼稚——」

「韓銳揚，你，再敢叫她眼鏡丫頭，我就讓會計部門把你的公帳打回票！」

「惡毒！」

之四

從語言學校走出來時已經是黃昏了，今年冬天特別冷，氣象預報這幾天很可能會降雪。這麼說，今年很可能有個白色聖誕了！

我拉了拉圍巾，跟同學們一一道別後，我以散步般的速度走向日暮里車站，盤算著在車站前的麥當勞買點什麼填填肚子。走沒幾分鐘，忽然聽到身後由遠而近傳來一陣腳步聲，我不以為意，並沒有停下腳步。

直到有人叫住我。

「嘿，夏明芝。」是語言學校的同學，來自香港的程偉聰。

「是你啊。」

「妳要去日暮里車站嗎？一起啊。」他的國語講得不怎樣，但日文程度卻很不錯。

「好啊。」

「妳適應得還好嗎？」程偉聰問道。

我點點頭，「還不錯啊。」

「有沒有到處觀光啊？」

我聳聳肩，「沒有耶，都關在家裡讀書。」

日文程度完全是零的我，不努力練習根本連去超商買東西都可能會失敗。

「這樣啊，那這個星期天妳有沒有空？我還沒去過淺草，要不要一起去？」程偉聰說著，竟然臉紅了起來。

呃。這也太明顯……

我尷尬笑笑，「不好意思，謝謝你的好意，我就不去了。」

程偉聰十分失望，追問道：「妳覺得我不OK？」

這要我如何回答才好？

糟了到底要怎麼說才不會傷感情？！

「我不是這個意思……」

程偉聰顯然是個相當直接的人。「那為什麼不試試看？也許我們很合得來。」

「因為——」還沒想到如何委婉解釋，我的話就已被打斷。

「因為，她老公會生氣。」韓銳勳不知從哪個街角冒出來，寒著臉走向我，

「怎麼不接手機？嘟嘟在家裡等我們呢。」

「呃。」我看看韓銳勳，接著不好意思地向一臉疑惑的程偉聰笑笑，「我來介紹，這位是我……未婚夫。」

「喔！」程偉聰登時滿臉通紅，「抱歉！我不知道——」

「沒關係沒關係，因為我也沒跟大家講嘛。」

我連忙搖搖手，努力給出和善的笑，但韓銳勳卻用某種利刃般的目光瞪視著程偉聰，同時一把攬住我，以跟南極溫度差不多寒冷的口吻說道：「幸會。沒別的事那我們先走了。」

「……喔喔。」程偉聰八成也呆了，無意識地隨便應答著。

而我，只好尷尬萬分地向程偉聰道別。「明天上課見，Bye！」

「欸你也走太快了吧？」我企圖掙脫，但韓銳勳總是在奇妙的時刻充滿力氣。

「不走快一點怎麼能跟那個臭小子拉開距離？！」韓銳勳鐵著臉答道。

「呃，你在生什麼氣啊？我跟他又沒怎樣，不過就是同學而已。」小氣鬼。

韓銳勳陡地停下腳步，怒道：「這家語言學校沒有男女分班嗎？」

喂大叔，你瘋啦？

最好語言學校會需要男女分班啦！

他沒等我開口，又道：「這種沒有男女分班的學校不念也罷，我再幫妳報名別家。」

「我說大叔，全東京你可能找不到有男女分班的語言學校——拜託，你別幼稚了好嗎？」

韓銳勳瞪向我，「我幼稚？」

「不然你覺得你的發言很成熟啊？」幼稚幼稚幼稚幼稚！

「這樣下去不行，放妳出門上課實在太危險了。」他瞇起眼，冷道：「——從明天開始，妳無限期停課。」

「喂！」我忍不住用力甩開他，「那我的日文課怎麼辦？！」

韓銳勳忽然換上曖昧的表情，低低地笑了，「那容易，換我教。」

「什麼？！」韓銳勳你瘋了。

韓銳勳揚起史上最好看但也最邪惡的笑容，「妳覺悟吧，成績如果不夠好，我，可是會『體罰』的喔。」

「——變態！」

The End

後記

很高興又跟大家見面（揮手）！

這次的故事是口味清淡的日常生活微幸福小故事。

從《初戀，Never End》、《王子不戀愛》到《從情書開始》，本ㄨㄧ筆下的男主角們都愛得很義無反顧，所以這次決定在《戀人未滿》裡，塑造一個更日常、更貼近現實生活，也會猶豫，也會有所苦惱（其實看不出來ＸＤ）的男一號。

韓銳勳是個相當現實派的人，由於他天生的個性和職業，他其實並不太相信那些轟轟烈烈的愛情，也不是走浪漫路線的類型（謎之音：意思就是不夠霸氣腹黑ＸＤＤＤ）。他實事求是，完全活在現實之中，他期待的愛情，是寧靜而緩和的，細水長流的類型。

幸好明芝也是。

同樣的，跟之前三部作品不同，明芝也是本ㄨㄧ筆下到目前為止最平凡，最一般的女一號。她不像樂樂個性明亮單純，也不像崔瑩那樣積極而直接，跟松兒更是南轅北轍。

正因為明芝和韓銳動的性格更貼近我們的日常，所以本ㄒㄧ在書寫時充滿了親切感，當然，也因為這樣而使得這個故事「不那麼浪漫」。但是，《戀人未滿》本身就是個企圖更靠近現實一點的故事。

本ㄒㄧ相信，一定有人會問：「為什麼想寫一個貼近現實、而不是充滿浪漫感的故事呢？」

因為，本ㄒㄧ不想只寫些浪漫故事來誤導大家啊XD～如果可以的話，本ㄒㄧ想寫出各式各樣的愛情，有溫柔的，有強烈的，有風暴般的，也有細水長流的，畢竟，人生不會只有一種樣貌，而愛情更是如此。

最後，謝謝出版社工作團隊的協助，讓本書得以面世，更感謝購買本書的你／妳，希望你／妳喜歡這個故事。

有任何意見歡迎到本ㄒㄧ的臉書專頁留言，等你／妳來玩喔。

袁晞

All about Love ／ 27

戀人未滿

國家圖書館出版品預行編目資料
從情書開始 ／ 袁晞 著.
— 初版. — 臺北市 ： 春天出版國際, 2016.06
面； 公分. —（All about Love ；27）
ISBN 978-986-5607-48-7（平裝）
857.7 105010598

ISBN 978-986-5607-48-7
Printed in Taiwan

作　者　袁晞
總編輯　莊宜勳
企劃主編　鍾靈
責任編輯　黃郁潔
封面設計　三石設計

出版者　春天出版國際文化有限公司
地　址　台北市信義區信義路四段458號3樓
電　話　02-7718-0898
傳　真　02-7718-2388
E－mail　frank.spring@msa.hinet.net
網　址　http://www.bookspring.com.tw
部落格　http://blog.pixnet.net/bookspring
郵政帳號　19705538
戶　名　春天出版國際文化有限公司
法律顧問　蕭顯忠律師事務所
出版日期　二〇一六年 六月初版
定　價　180元

總經銷　楨德圖書事業有限公司
地　址　新北市新店區寶興路45巷6弄6號5樓
電　話　02-8919-3186
傳　真　02-8914-5524